講談社文庫

告白

三島由紀夫未公開インタビュー

三島由紀夫
TBSヴィンテージクラシックス 編

講談社

目次

告白

三島由紀夫未公開インタビュー

ブックデザイン……大岡喜直（next door design）

三島由紀夫
未公開
インタビュー

聞き手
ジョン・ベスター
一九七〇年二月一九日

聞き手／ジョン・ベスター John Bester

一九二七年、英国生まれ。翻訳家。ロンドン大学大学院を経て一九五三年来日し、「ジャパン・クォータリー」の翻訳に従事。東京大学で英文学と翻訳を教え、のち翻訳に専念。三島由紀夫『太陽と鉄』ほか井伏鱒二『黒い雨』、大江健三郎『万延元年のフットボール』、阿川弘之『山本五十六』など多数の翻訳を手がける。一九九〇年、第一回野間文芸翻訳賞受賞。二〇一〇年没。

歌舞伎と演劇

司会　ベスターさんには、三島さんの短篇「**海と夕焼**」を翻訳していただきました。そのほかに、三島さんに一つエッセイを近々に書いていただくことになり、これもベスターさんに訳していただきます。

三島　ありがとうございます。

ベスター　よろしくお願いいします。

司会　そのほかに、一つのイントロダクションという意味で、きょう、この会を持ったわけです。何かいい材料をベスターさんがここでお持ちになればというわけです。

ベスター　三島さんは今、長い小説を書いていらっしゃるでしょう。

三島　ちょうど**けさ六時に『暁の寺』が完成した**んですよ。第三巻がやっと完成した。

ベスター　それで全部完成したわけですか。

三島　いえ、全部じゃないです。それで第三巻までが完成した。あと一巻残っているんですよ。第四巻目がちょうど今現在のこの時代になるんです。生まれ変わりですから時間がジャンプしますね。今完成した第三巻が昭和二十七年なんです。今度は現時点になるんですけど、現時点の小説が一番難しいですね。

サルトルも『自由への道』の四巻をとうとう書かなかったでしょう。途中でやめちゃったです。**一つのテーマを追求していると、ラストの巻になると一番難しいんじゃないですかね。**

ベスター　そうでしょうね。それは今翻訳にかかっている？

三島　一巻、二巻が翻訳にかかっています。これは来年の春、アメリカから出る予定になっています。

ベスター ほかに、今やっていらっしゃる大きな仕事は……。

三島 もうこれだけでたくさんですよ（笑）。これは大変。三巻だけで一年八ヵ月かかりましたけど、その間、やっぱり非常に肩に重くて、とてもつらかったですね。

ベスター そうでしょうね。演劇のほうは今は……。

三島 演劇は、大体一年に一篇ぐらいは書く予定にしておりましたんですけど、去年は書き過ぎて、二本書いちゃったんですよ。「**癩王**（らいおう）**のテラス**」という芝居と歌舞伎の「**椿説弓張月**」、二つ書いた。

ベスター あれについてちょっとお話をしていただけますか。私は拝見しなかったのですけど、話は読んだのです。

三島 僕は、明治以降の歌舞伎というものに非常に疑問を感じているんですよ。坪内逍遥までは一生懸命やっていました。あと、世話物では岡鬼太郎（おにたろう）という人がいました。これは歌舞伎の最後の世話物の伝統を守って、歌舞伎式の脚本を書いた人です。それから、真山青果という人は新劇的に歌舞伎をつくった人で、その点では非常に偉い作家でした。つまり、がっちりした史劇をつくった人ですね。そのかわり歌舞伎の技巧をわざと排除してしまいました。僕は、歌舞伎の作者はそれでおしまいだと見ているんですよ。今、歌舞伎の新作と称しているものは、歌舞伎の新作でも何でもないんです。

ベスター それはどういう意味ですか。

三島 何も歌舞伎でやらなくても、ただ昔のお話だというだけです。

ベスター 歌舞伎独特の技巧を捨てて、現代の芝居と同じように。

三島 同じということです。それをただ歌舞伎役者が、自分の身についた技巧で、演技でもって多少歌舞伎風にしているだけで、脚本そのものは歌舞伎の脚本でも何でもないんです。それを世間はわかりやすいから新作と喜ぶ。書きやすいから、みんなそういう芝居を書くわけです。例えば現代語で書いたり、あるいは昔の芝居でも、平安時代の芝居に、「いや、人事関係というものは難しいものだ」なんてせりふが出てくるでしょう。僕はとてもそんなせりふは許せないんですよ。

歌舞伎というものは擬古典主義、pseudo-classicism の上でしか書けないものだ。なぜなら、演技や、演出や、舞台技巧の全てがそういうものの上で成り立っているんだから、台本もそれでなければいけない。したがって、言葉が一つ一つそういうものにのっとっていかなければ歌舞伎の台本は書けない。つまり、僕は、今の人は非常に書きにくいものであるという前提でいたわけですよ。ですから、なかなか書かなかった。

また、書いても役者がそれを理解しない。大体わかっているんです。今の役者はテレビに出たり、ゴルフをやったりして、古典文学に対する教養がないですね。そういうものを本当に自分の歌舞伎の技巧で生かすことができなくて、かえってイージーゴーイングな新作だって、そこにいろんな自分の技巧でうまく見せることを知ってるわけです。劇評家も、できたものに対して喜ぶわけです。非常に現代人にアピールする歌舞伎だとか、わかりやすいとか。僕はそういうことはみんな嫌いなんですよ。ですから、その嫌いなことを全部自分の好きなように書いた。それでうまくいかなかったです。ハッハハハ（笑）。

ベスター 結局、三島さんは歌舞伎のこれからの道を悲観的に見ていらっしゃるわけでしょうか。

三島 歌舞伎というのは夕日のようなもので、本当に夕焼けが終わってしまったんですね。今、残光がかすかに、かすかに残っている。

その夕焼けを再現するのが芸術家の仕事だと思うんです。「海と夕焼」みたいなものです（笑）。その夕焼けが多少でも再現できればという僕の考えです。

ベスター 夕焼けというところまで戻ることはできても、それ以上は……。

三島 それ以上の午後のさんさんとした太陽には戻ることができないですね。ただ、夕焼けというのは美しいですから、本当に夕焼けまで戻ることができれば随分よかったけども、とてもそこまで戻れません。

ベスター 歌舞伎とは限らず、一般に日本の演劇の将来について、どういうふうに考えていらっしゃいますか。

三島 非常に演技が低いですね。

ベスター 演技の技巧としてですか。

三島 はい。基礎訓練が足りない。

ベスター　戯曲の内容はどうですか。

三島　**日本の劇作家と言われているものは、ほとんど劇作家ではありません。**まず、構成力がありませんね。それから、せりふに対して非常に鈍感ですね。せりふというものの本当の意味を知らないから、ドラマティックな盛り立てができないです。そして、全てプレーンな退屈なせりふが多いです。

今度はそういうものを壊したアンチテアトルみたいな芝居がありますね。これは、つまり、デッサンのできない絵描きがシュルレアリスムの絵を描くようなもので、いわゆる劇作家よりもっと下手なものが、そういう破壊的演劇で自分の技巧のなさをごまかしているような芝居が多い。

ベスター　それは何も日本だけのことじゃないでしょう。

三島　ないでしょうね。一般的な傾向でしょうね。

ベスター　外国でちょっと騒がれたお芝居は、日本でどんどん上演されているようです。非常に素朴な疑問ですけど、日本人は西洋に似てきたというんですけど、今でもまだ根本的に違うんじゃないでしょうか。いろんな社会的事情も人間の心理も違うので、当然日本人がこれから対面する課題も根本的に違うはずなんですけど、それなのにこういうのを外国からどんどん輸入して上演するということに対しては、どうでしょうか。

三島　ブレヒトのあれをニューヨークでやるでしょう。ニューヨークの観客はブレヒトのあれは何も関係ありませんね。そういうことは芝居の場合、幾らもやられていると思うんですよ。それから、ジロドゥの芝居をニューヨークでやる場合にはめちゃくちゃにカットしちゃう。「シャイヨの狂女」なんて、ジロドゥの精神はニューヨークの上演ではほとんどうまくいかないですね。芝居はかなり商業的なものですから、外国で当たったから、評判だからといってやるのは、どこの国でも普通だと思うんです。

ベスター この間の「ヘアー」もごらんになりましたか。

三島 私の生涯で見た最低の芝居でした(笑)。

ベスター そうですか。私は日本でやったのも、向こうでやったのも、まだ見ていないんです。

三島 音楽はいいですよ。ただ、舞台はひどいものでした。

ベスター 批評を読んでいましたら、演出あるいは美術は……。

三島 アメリカ人です。でも、日本語を知りませんから、日本語をどういうふうに言ったら美しいか、よく聞こえるかということがわからないわけでしょう。日本人は日本語から入るんですから、僕は外国人の演出家が芝居の演出をすることは反対です。

ベスター それはそうでしょうね。

三島　というのは、芝居というのは言葉の最も微妙な問題ですから、小説の翻訳よりももっともっと言葉というもののコロキュアルなニュアンスが、芝居の場合は、外国人にはとても無理だと思います。

（ウイスキーのソーダ割りが運ばれてくる）

ベスター　結局、最近、その小説以外は何も大きな仕事はなさっていないのですね。

三島　僕は、芝居は去年二本やりましたから、もう飽きちゃったんです。今、芝居はちょっと遠ざかりたい心境ですね。劇場がうるさくなった。大勢の人間がいろんなやきもちをやいたり、競争したり、怒ったり、言うことを聞かなかったり、ああいうのがみんなうるさくなって、みんな死んでしまえという気持ちでいるんです（笑）。

ベスター　わかるような気がします。

三島　役者なんかみんな死んじゃって（笑）。

ベスター　今すぐというのではなくて、将来、映画でも演劇でも、特別にやってみたいとお思いになるものはありますか。

三島　僕は今ちょっと将来書きたいなと思っているタネが一つあるんですけど、開高健という小説家がいるでしょう。僕の友達ですけども、彼が前に僕にベトナムのゴ・ディン・ヌーの話を書かないかと言ってきたことがあるんです。開高君がいい資料を持っているんですって。彼女はカソリックで、自分の道徳の正しさを猛烈に信じている。自分ほど正しい女はないと思っている。だから、異端者を殺したり、いじめたりするのに何も容赦がない。ものすごく残酷なことをしたわけでしょう。そういう女性ですよね。そして、とても清らかな女性で、彼女自身は聖女なんです。だけど、ものすごく残酷なんですね。芝居の題材としておもしろい。いつか書きたいと思っている。

小説のマテリアルは言葉

ベスター 三島さんの文学と現在のほかの日本の文学と比較した場合、ご自分で、こういうところに大きな違いがあるといったものはありますか。

三島 簡単に言えば、言葉の問題ですね。僕は、言葉というものが小説のメチエで、マテリアルだという確信を非常に強く持って始めたし、今もそう思っています。**人生だの思想が素材、マテリアルではない。言葉がマテリアルだ。**

ベスター そういう意味では、音楽と非常に近い。

三島 音楽や絵と同じですね。

ベスター 後で少しお伺いしようと思っていたんですけど、三島さんは音楽にも非常に興味を持っていらっしゃるんですか。

三島 全然ないんです（笑）。

ベスター ご自分でやるんじゃなくて、聞くほうも。

三島 聞くほうもあまりない。ただ、芸術が純粋であれば、そういうマテリアルが大切になるわけでしょう。小説というものは、純粋な芸術ではないですから、普通考えればマテリアルが大切でないんです。フローベールはそういうことを非常に考えていた人ですよね。ところが、あれは十九世紀のお金持ちのランティエで、そういう思想はもう死んでしまったですね。フローベールは言葉というものを非常に大切にしたんですね。でも、そういう思想はだんだん死んでしまった。僕はそういう思想をいまだに守っているんですから、もう時代おくれ。ハッハハハハ（笑）。もう完全に時代おくれです。

ベスター　三島さんの文章には、三島さんから見て、伝統的なところがありますか。

三島　僕は非常に伝統的な語法をわざと使うんです。対句なんかも、昔の漢文の四六駢儷体という対句がありますけども、ああいう対句を現代文の中に生かそうと思っていろいろ使っておりますし、古語も、『**春の雪**』なんか殊にわざと技巧的に使っておりますけど、あれは王朝の小説を復元した形の小説ですから、古い言葉をわざといっぱい使っているんです。ふだん使わない言葉が随分出てきます。

ベスター　西洋文学からの影響は?

三島　やっぱり構造的なもの、構成的なものは西洋文学の影響です。

ベスター　言葉自体に対してはそういうことは……。

三島　そんな西洋の言葉、知りませんもの。とてもわからないですから、言葉の影響は受けておりませんね。

ベスター 三島さんの文章を訳していますと、案外そのままですね（笑）。これは珍しいことですけど、そのまま直訳しても結構英語になる。変な言い方ですけど、その言い方、わかるでしょう。

三島 よく人が笑うんです。例えば安部公房君は非常にインターナショナルな作家で、彼もいわゆるナショナリスティックな作家でないと言っているんですけども、安部君の物の考え方のほうがある意味で日本的で、ナショナリストと言われている三島の考え方のほうが西洋人みたいだと言う人がいるんです。これは誰かもそういうことを書いていました。僕はそうかもしれないと思うんですよ。**僕が日本ということを考えるようになったのは、西洋に何度も行ってから**ですから。つまり、西洋的な思想構造というものを少し勉強してから、日本というものがわかり出したような気がするんです。それまでは、日本というものがよくわかりませんでした（笑）。

ベスター よくわかります。

三島 言葉の使い方とかなんとかが西洋的なんですね。ですけども、使っている言葉は日本語ですから。この言葉の一つ一つの単語はね。その単語自体は、**僕たちは子どものころから耳に入っている日本語の美しさがありますから、それを使う。**その極端なのが「椿説弓張月」です。あれは今使われない日本語ばかり使っているわけでしょう。そのかわりなるたけ美しい言葉を選んで、割りぜりふなんかは詩のようなつもりで書いたですね。

ベスター このことについて後でお伺いしようと思っていたんですけど、その関係で、例えば日本の若い人から、三島さんの文章はわかりにくいとか、難しい言葉をいっぱい使うから読まないとか、そういうことを言われることがありますか。

三島 それが全然ないんです。僕は若い高校生なんかからもらう手紙を見ますと、難しい言葉を使ってくれるからうれしいと言うんですよ。

ベスター それはいいことですね。

三島 字引きを引いて楽しめる。それから、学校で教えてくれない言葉が出てくるのでうれしい。

ベスター そういう若い人もいるんですか。

三島 はい。それから、旧仮名遣いを使ってくれるのでうれしい。今の若い人はみんな反抗的ですから、学校で教えることは全て嫌いなんですよ。学校の先生が教えることはみんなうそだと思っていますから、学校の先生がいけないと言うことなら正しいと思うでしょう。三島由紀夫という小説家は、学校の先生がいけないと言うことばかり言っている。学校の先生が使ってくれない言葉ばかり使ってくれる。だから好きだというのが僕の若いファンです（笑）。

ベスター　しかし、日本の教育の内容もこれからどんどん変わってくるんじゃないですか、そういう方向へ。

三島　どうですかねえ。僕は疑問に思います。日本では、**古典主義の教育は戦争前から衰えているんです**からね。僕は、日本の明治官僚から教育の内容がだんだん悪くなっていると思うんです。

ベスター　そういう意味では、日本人は世界でもちょっと特殊な例ではないでしょうか、言語に関する限り。

三島　実に珍しいです。日本人の教育を官僚がいじっているでしょう。官僚は言葉がわからない人間です。それから、文化というものがわからぬ人間です。それが教育をいじってきたでしょう。そして、日本人が古典文学を本当に味わえないような教育をずっとやってきたんですね。

古典主義の教育は、フランスでは今でもやっているでしょうけど、昔式な「読書百遍意おのずから通ず」で、わけがわからないものを暗唱させなきゃいけないと思うんですよ。意味なんか何もわからないでも、それをやらなきゃ我々はクラシックというものに絶対に親しむことができないんです。極端なことを言えば、小学生に『源氏物語』を教えるのです。『源氏物語』の一節を、お経みたいにただ暗唱させるんです。何のことが書いてあるか全然わからない。

ベスター　それだけでも……。

三島　それだけでも意味がある。そういうことをやっていないでしょう。それから、漢文学の教養がだんだん衰えてきました。それで日本の文体が非常に弱くなりました。

ベスター　多分学校では、一応やっていることはやっているんでしょう。

三島　でしょうが、僕の時代から、既に漢文の教え方は昔の素読とか、ああいう本当の教え方でなくなったですね。やっぱり漢文なんてものは、いくらつまらなくても『論語』を暗唱させるとか、ああいう行き方でいかなきゃだめなんですよ。それで頭の中に漢文の文章のイメージが固定するんです。文章が弱くなったのはそのせいですね。**漢文の教養がなくなってから、日本人の文章は非常にだらしがなくなった。**

ベスター　結局、現在いい文章を書こうと思ったら、三島さんが今やっていらっしゃるようなやり方以外はないでしょうね。

三島　まあ、それは私の趣味ですから、誰にも勧めるわけにいきませんけれども、私は、そういう日本語のいいものと漢語のいいものとなるたけ自分で好きな言葉、それだけで花束をつくりたいと思うだけですね。

三島文学の欠点

ベスター　変なことを聞くようですけど、三島さんが自分の文学を見て、欠点といいますか、しようがないけど自分の文学に欠けているもの、そういうものが何か……。

三島　僕の文学に欠けているものは、そうですね……。

ベスター　本当はそういうことをお聞きしても意味ないかもしれません。厳密に考えて意味ないことなんですけど、表面的に考えていただいて。

三島　（しばらく考えて）それは自分でいつも欠点を感じながら書いていて、自分にはこれは書けない、あれは書けないと思ってセレクトしているわけでしょう。**僕の文学の欠点というのは、小説の構成**

が劇的過ぎることだと思うんです。ドラマティックであり過ぎるんです。それはどうしても自分でやむを得ない衝動なんですね。例えばヴァージニア・ウルフみたいな小説を書きたいと思っても、僕には絶対書けないんです。現実とか、自分の心理とか、そういう流れのままに文章になるということができないんです。僕は全部つくっちゃうんですよ。そうすると、現実をそのまま移す、移すっていうのは写生するんじゃなく、トランスファーすることはできないんです。一度、間にフィルターをかけなければできないんです。小説というものは、ある意味では、本当はそうでないものかもしれません。現実がそのまま小説の中に流れ込んできて、中でいろいろ変化、変貌して、作者の手が及ばないほどに人物が変貌していく。そういうものが小説として理想的かもしれませんけど、私はそういうことができないんです。これと決めたらこれなんですよ。

ベスター　一般に小説と言われているものでも、いろいろあるわけですね。あるわけですけど、僕のはドラマティック過ぎるんです。

三島　三島さんは、小説というものを理想としてどういうふうに考えていらっしゃるんですか。

ベスター　理想としては、僕はやっぱり建築とか音楽とかというのが理想で、それに近づけば近づくほどいい小説だという考えが抜けないんですよ。ですから、**大きなカテドラルみたいな小説が書ければうれしい**。そのかわり、大きな川の流れのような小説は僕には書けないんです。

三島　日本の伝統的な文学には、そういうものはないんでしょうか。

ベスター　小説ではありませんけども、**日本人は構成力が薄弱だということはうそだと僕は思うんですよ**。例えば浄瑠璃なんかでも、「寺子屋」とか、「妹背山婦女庭訓（いもせやまおんなていきん）」とか、ああいうものはすごい構成力ですよ。とても普通の頭では考えられないくらい複雑な構成を持っています。そしてちゃんと的確な効果が出ているんですね。文章がすばらしい。僕は、どうしてそういう能力が日本人の中で発達しなかったのか不思議に思うんですね。馬琴なんかはかなり構成力のある作家ですけど、馬琴は今あまり尊敬されていないですね。やっぱり『源氏物語』があまり偉大だったから、あの影響がずっと続いていると思うんですけども、『源氏物語』だって構成がないわけじゃない。あれはやっぱり非常に綿密な伏線が引かれていて、ただ人生の流れがそのままあるわけじゃない。いろんな複雑な構成がありますね。そういうものが大体見逃されている。

日本人は大体ものをつくったり、建てたりすることがあまり好きじゃないんです。大体ぐにゃっとしているのが好きなんです。何となく自然の流れに任すのが好きなんですね。

ただ、今は**僕はある意味で建築の時代だと思うんです。**ごらんなさい、戦後の日本で目覚ましいものは建築しかありません。文学は大して目覚ましくない。演劇も目覚ましくない。美術も音楽も目覚ましくない。建築は目覚ましいですよね。ですから、僕のやっていることも、そんな時代おくれじゃないのかもしれませんね。丹下(たんげ)健三の向こうを張っているのかもしれません（笑）、日本的建築で。

僕は文章を書くときに、あんまり文章を塗り詰めちゃうんです。というのは、**僕は油絵的に文章をみんな塗っちゃうんです。**日本的な余白というものができない。僕はそういう欠点が自分であると思いますね。こんな絵があるでしょう。あの白いところが

ベスター 僕は気になって、あそこにみんな色を塗ってしまうんですよ。ここには日本の若い方、一人いるでしょう。あなたがさっき言っていたこととちょっと違いますね。三島さんの文章のこと、話していたでしょう。結局、塗り潰さないからいいと言っていたでしょう。

女性 いえ、私が言ったのは違いますけど。

ベスター 三島さんの文章は油絵的ですか。

三島 でしょうね、どっちかというと。つまり、みんな塗り潰しちゃう。余白が気になってしようがないから、余白はあまり生かさないですね。**川端さんの文章なんか、ある場合は睡眠薬が助けているのもありますけど**（笑）、**ジャンプするのがすごいですよ。**川端さんの文章は、それは怖いようなジャンプをするんですよ。僕は「山の音」について川端さんの文章のことを書いたことがありますが、怖いんですよ。ベーンと次のラインに飛ぶ。その間、何もないんですよね。僕はああいう文章は書けないな。怖くてね。

マスコミと三島

ベスター　ちょっと話が飛躍しますけど、現在のマスコミ、特に日本の週刊誌などについてお考えがたくさんあると思うんです。まず、三島さんの文学が正しく理解されているかどうか。これはむしろ例えばさっきお話に出た若い読者の考え方、そういうものによるんですけど、それだけじゃなくて、三島さんの人間がマスコミで正しく理解されているかどうか。

三島　マスコミが正しく理解するということは、歴史が始まってから一度もないじゃないですか（笑）。今の情報化社会の中で人間が生きていくには、とにかくいろんなものを情報化社会に売らなきゃならないと思うんですよ。**我々芸術家は、ボードレールが言ったようにプロスティチュートですよ。**我々は肉体を売らなきゃならない。

ベスター うまく利用するわけですね。

三島 うまく利用するというほどマスコミに対してこっちは偉くないけども、何かを売らなければ生きていけないでしょう。僕は、本質的なものは売っていないつもりですよ、本当のものは。例えば女郎が好きな男にしか唇を許さないのと同じで、僕はマスコミに決して唇だけは許していないです。だから、みんな僕の体を買っているだけです。それはプロスティチュートの宿命です。

ベスター よくわかります。

どこまでが芸術かわからないんですけど、芸術以外の三島さんのご活動について、私も正直に言って、週刊誌はなるべく読まないようにしているし（笑）、マスコミで報道されている三島さんのことはあまり知らないんですけど、たまにいろいろ聞くでしょう。最近いろんなことをやっていらっしゃるようですけど、それについて、三島さんのお考えをちょっと聞かせていただけませんか。

三島　ベスターさんが『**太陽と鉄**』を訳してくださったので非常にうれしかったのは、あそこにみんな書いてあるんです。あれを人がつまらない評論と思わないで読んでくれれば、**あれを本当にわかってくれた人は、僕がやることを全部わかってくれると信じています。**

ベスター　しかし、一つ疑問に思ったのは、本当に理解してくれる人が何人いるかということです。

三島　僕は非常に少ないと思いますよ。

ベスター　私も、正直言って非常に少ないと思います。そういう意味では、ちょっと危ないかもしれないとも思う。

三島　でも、危ないことは承知ですからね。初めから安全な人生を送ろうと思って生きている人間じゃないから、ちっとも構わない。例えば『太陽と鉄』というものは、本当の読者は十人いればいいほうだと思うんです。本が売れることを僕は望みますけれども、あの評論は、自分の本当のハートから読んでくれる人は非常に少ないと思うんですよ。そういう人がもし十人いればね。

ベスター　文学だけの問題じゃなくて、頭もよくなければわからないです。

三島　そう、頭の問題もあります。ですけど、あれをもしわかってくれれば、僕がやっているどんなバカなことも、何もかも全部わかってくれます。そのためにあれを書いたんです。ところが、僕のやっていることは、**自分で言うのもおかしいけれども、あんな難し**

い言葉を使わなければ表現できないんです。つまり、簡単にジャーナリスティックに、私はこういう気持ちでああいうことをやっておりますと言うことはできないんです。あれだけの説明が絶対に要るんですよ。あの説明が僕にできるただ一つの説明ですから、要約することもできなければ、人にわかりやすいように言うこともできないんです。

ベスター ただ、私の解釈が間違っているかもしれませんけど、三島さんが『太陽と鉄』をお書きになったのは、ただ自分の気持ち、自分の考え方を人に理解してもらうためじゃないでしょう。もう一つ、自分に非常に大切なことを、体験をテーマにして、一つのきれいなもの、装飾と言うのはおかしいんですけど、やはり一つの小説と同じようなものを……。

三島 芸術です。

ベスター　そういう意味から言えば、芸術をつくろうということではなくて、人にわからせようということだけが目的でしたら、体験の内容をもっと簡単に……。さっきそういう意味でおっしゃったんじゃないですね。

三島　僕がやっていることが写真に出ます。あるいは、週刊誌で紹介されます。それはその段階においてみんなにわかるわけでしょう。ああ、あいつはこんなことをやっている、バカだねえ、と。でも、その「バカだねえ」ということを幾ら説明しても、僕をバカだと思った人はバカだと思い続けます。そんなことを幾ら説明しても、そういう人にはだめですよ。ですから、僕は、スタンダールじゃないけども、happy few がわかってくれればいいんです。**僕にとっては、僕の小説よりも僕の行動のほうがわかりにくいんだという自信があるんです。**

というのは、僕の小説は読めばストーリーもあります、プロットもあります。ですから、言葉さえわかれば何とかわかるんです。だけど、僕の行動はそういうミディアムがありませんから、わからない人はわからない。それでよろしい。それをわかりたい人は『太陽と鉄』を読んでくれ。あれを読んでくれればわかるという気持ちですね。僕はそれ以上、何も言わないんです。

ベスター よくわかりました。

三島 あるいは、僕が死んで五十年か百年たつと、ああ、わかったという人がいるかもしれない。それで構わない。生きているというのは、人間はみんな何らかの意味でピエロです。これは免れない。佐藤首相でもやっぱり一種のピエロですね。生きている人間がピエロでないということはあり得ないですね。

ベスター 人間がピエロというのは、ある意味で芝居をやらなくちゃ生きていけない。

三島　芝居をやらなきゃ生きていけないのは、きっと神様が我々を人形に扱っているわけでしょう。我々は人生で一つの役割を、puppet playを強いられているんですね。それは「葉隠」にも書いてあります。よくできたからくり人形だって、人間は。

小林秀雄が言ってますけど、**人間は死んだとき初めて人間になる。人間の形をとる**と言うんです。なぜかというと、運命がヘルプしますから。運命がなければ、人間は人間の形をとれないんです。ところが、生きているうちは、その人間の運命が何かわからないんですよ、予言者でなければ。運命が決定しなければ、その人間の形は完成しないでしょう。それで、やっていることはみんなバカげたことに見えるんですね。でも、運命が芸術家を決定する。

ベスター　三島さんの思想には、ほかの、例えば禅などからの影響がありますか。

三島　**自分の行動については弁解しないというのが僕のモラルです。**ですから、僕は、行動についてわかってくださいということは決して言いたくないのです。それは禅の影響かもしれない。

ベスター　これは弁解の問題じゃないでしょう。

三島　つまり、行動というものは、はっきり目に見えるものだけにわからない。文学というものは抽象的なものですから、言葉という抽象的なミディアムを使って人が理解するようにできているんですね。ですけど、行動というのは、こういうコーヒーのポットみたいなものですね。これはわからないです。コーヒーポットが「私はコーヒーポットでございます」と言うわけがない。黙っていますね。僕はそういうものだと思うんですね。

僕は、自分のやっていることを人にわかってくれと言うのはとても嫌いなんです。女の言うことだ。ここに女性が一人いて悪いけれども、「私はこんなに愛しているのよ。わかってください」と言うのは嫌いなんです。

純粋な人間は軍隊にいる

ベスター またちょっと話が飛躍しますけど、『太陽と鉄』の中でも軍隊の話が出てきます。これだけは英訳にこんなに時間がかかってしまったんです。軍隊とかそういったようなものに対して、もう少し三島さんの考え方を……。

三島 僕にとっては簡単なことで、つまり、今、僕の見たところでは、**軍隊にだけ割合に純粋な人間がいるんですよ。**軍隊の中に非常に純粋な人間がいるんです。僕はそういう人間が好きなんです。それだけのことですね。僕が非常に好きな人間が、ああいうところにいるんです。このシャバにいる人間、そこらを歩いている人間は大体みんな嫌いなんです。

ベスター 本質的に違いますか。

三島 違いますね。日本では、いい、純粋な要素がああいう軍隊の中に残っていて、この町を歩いている人間はみんな堕落しているという感じがしてしようがない。この辺を歩いている人間は、何か人間として本質的なものが欠けている。ホテルなんかうろついている人間は。

女性 顔つきを見るだけで嫌だ、そんなことを言っていらっしゃいましたね。

三島 顔つきを見るだけで嫌だ。

ベスター　それはどういうわけでしょう。

三島　どういうわけでしょうね。日本という国がますますそうなっちゃったんでしょうね。

ベスター　それは日本だけじゃなくて。

三島　外国もそうかもしれませんね。僕はとにかく純粋な人間が好きですから、そういう人間を求めていると、やっぱりそういうところにしかいないんですね。不思議ですね。例えば荷風が『濹東綺譚』を書いて、娼婦にしか純粋な人間はいないと思ったでしょう。

ベスター　荷風がそう言ったんですか。

三島　荷風はそう思っていたわけだ。だから、『濹東綺譚』を書いたでしょう。やっぱり荷風はあの時代の人間をみんな憎んでいましたね。今の日本人はみんなだめだと思っていた。大嫌いだった。娼婦に会うと、娼婦に純粋な人間が残っているという気がしたんでしょう。僕の場合、逆ですけど、ある意味で、そういうふうな人間の見つけ方をしたのかもしれないですね。

死生観の変化

ベスター 三島さんは、文学以外のいろんな芸術や美術について、どういうものに……。音楽はあまり……。

三島 僕は美術も音楽も生活に別に必要じゃないんです。

ベスター 今、僕、気がついたんですけど、結局、同じことになっちゃいますね。自分の一生を文学に捧げて、それだけで十分ですね。本当はほかの芸術に興味を持っても、結局、同じことを繰り返す。完全に同じですね。

三島　完全に同じです。

ベスター　特に三島さんがさっき説明してくださったような文学に対する考え方を持っている人には、同じことですね。

三島　そうですね。要りません。同じこと。繰り返しにすぎない。

ベスター　みんな共通だというところに、三島さんの文学の特徴があるのかもしれませんね。

三島　音楽を聞いて小説を書いたとか、そういう経験がないわけではないですよ。例えば『**獣の戯れ**』という小説を書いたんです。あの小説は、カラヤンの「フィデリオ」の間奏曲を大阪で聞いたんです。あの晩にできちゃったんです。**カラヤンの間奏曲「レオノーレ」を聞いて、ホテルに帰ってから、その晩にあの小説が全部出てきちゃったんです。**そういうことはたまにあるんですよ。
　僕は、今の小説『**暁の寺**』ではドビュッシーの「シャンソン・

ド・ビリティス」を何度も何度も聞いているんです。あれから何度もイメージが出てくるんですね。そういうことはたまにありますよ。

ベスター 音楽が持っている構造的な面には……。

三島 それは同じことですから興味がない。

ベスター さっき「純粋な人間」という表現を使ったんですけど、「純粋な人間」というのはどういう……。

三島 つまり、心が体の中にちゃんと見えていて、体が透明で心が見えている人間のことですよ。心がちゃんとハートの形をした人間のことです。今そこらにいる人間は、みんな心臓が六角形していたり(笑)、いろんな格好をしています。

ベスター それはどういうわけでしょうか。私は軍隊の人をよく知りませんので何も言えないんですけど、結局、三島さんがおっしゃるとおりだとすると、何か理由があるわけですから、軍隊に入るということと生まれつき純粋だということは、どういう関係が……。

三島 自衛隊は九州から来た人が多いですね。九州には純粋な人間が残っていますね。それも一つの理由でしょう。

ベスター 一般的な社会の退廃から免れているという意味で。それは必然じゃなくて、いわば偶然ですね。

三島 偶然もあるでしょうが、九州は昔から軍人になるのが誇りで、今でもそういう伝統が残っているんですよ。東京とかそういうところでは、「何で自衛隊なんか入るの」と言ってバカにされたりする。九州じゃみんな喜んで、「立派にやってこいよ」と言う国ですよ。九州はまだ武士的な伝統が残っていますね。

女性 じゃあ、これから五年先というと疑問ですね。

三島 わかりませんね。これから若年労働力が不足してきますね。これからどんなふうにして人間をつくっていくか。人間が一番問題ですよ。だから、兵器なんかいくら新しくなったって、そんなことは軍隊のスピリットと関係ないですね。

司会 三島さんの小説で、初めのころは一種の死のイメージというのが非常にありまして、それが初めはロマンチックな感じで、だんだんそれが変質していくと、肉体と合一するというような感じで動いていったと思うんですけど、そのあたりの死生観というか……。

三島 **死が自分の中に完全にフィックスしたのは、自分に肉体ができてからだと僕は思うんです。**それは『太陽と鉄』の中にはっきり書いてある。その前は、自分に肉体というものがなかった時代は、死というものが外側にあったんです。そして、自分の中にその死が入ってくることがなかったんですね。だけど、肉体ができたら、この肉体の中に死がちゃんと座る場所を見つけた。僕の文学的なテーマの中では、死がそういう形で変わってきている。**僕の小説は初めから終わりまでずーっと死と関係がある。**ですけど、死の位置が肉体の外から中へ入ってきたような気がする。非常に曖昧な言い方かもしれませんけどね。

戦後日本の偽善

三島 僕は一番嫌いな人間は小説家で、小説家に会わないように、会わないように一年中、気をつけている。どこかの料理屋でよくお世辞に「何々先生がここへよくいらっしゃいますよ」、その料理屋は絶対行かない。そんなに言われるのは嫌いだから。ハッハハハハ（笑）。

司会　ということは、文壇とのつき合いというものなどはあまり……。

三島　もう本当に嫌ですね。それはやむを得ずやっているのはありますよ。文学賞や何か仕方がないから義理で。これが一年に二回ぐらいか三回でしょう。そのとき、しょうがないから顔を出す。さっさと逃げて帰ってきちゃう。昔は僕、そうでもなかったんです。僕は、若いころはやっぱり文士に憧れていた時代はありました。

（二杯目のウイスキーのソーダ割りが運ばれてくる）

でも、僕はこんなに言いたい放題言って暮らしているから偉くなれないんです。日本ではこんなこと言っちゃいけないんですよ、いろいろとタブーがあって。そこはどうも僕は西洋人かもしれません。ハッハハハハ（笑）。

ベスター　現代の日本の社会で、特にお嫌いなところは……。

三島　偽善ですね。ヒポクリシー。

ベスター　しかし、それは西洋も西洋なりの……。

三島　西洋は立派な偽善の伝統がありますもの。イギリスなんか偽善の立派な伝統がある。この間、イギリス人と冗談を言って笑っていたんです。「三島、おまえはトラディショナリストだろう」、「そうだ」、「おまえは偽善を嫌う」とイギリス人は言うでしょう。「そのとおりだ」。「でも、我々は偽善の国だよ」とイギリス人は言うんです。「だけど、君らは立派なトラディショナリストで、かつヒポクリットであり得るじゃないか。あなたの国では、偽善というのは輝かしき文化的伝統である。だから、あなた方はトラディショナリスト兼ヒポクリットであり得る。だけど、日本人はトラディショナリスト兼ヒポクリットであることはできないんだ」。我々の国は偽善の伝統がないんです。

ベスター　今現在の日本が偽善だとおっしゃるのは、結局、最近そうなったわけですか。

三島 **戦争が済んでからひどくなった。**ものすごくなったと僕は思うんですね。

ベスター そういう日本人の偽善は特にどういう面で……。

三島 平和憲法です。あれが偽善のもとです。僕は政治的にはっきりそう言うんです。昔の時代には、日本人はみんなうそばっかりついていましたよ。やっぱりうそはついていました。いろんな偽善的なことも言ったでしょう。だけど、それは伝統的なモラルの要請だった。つまり、ここではうそをつかなければいけない。あの方に対して本当のことを言ってはいけない。

ベスター 日本の偽善は形式化といいますか儀式化といいますか、されているから構わない。認めているからみんな平然と。

三島 平然とやっていたのです。

ベスター　しかし、我々から見た場合、今でもそういうところがちゃんと残っていますね。

三島　ある種、残っているかもしれない。

ベスター　変な意味で言う偽善ではなくて、非常にいいことだと思いますけどね。

三島　それは人間が正直であるのはいいかどうかわかりません。例えばがんの病人に向かって、がんと言うことがいいかどうかわかりませんね。我々はうそはつかなきゃならないけども、つまり、うそというのは思いやりですよ。偽善というのはセルフサティスファクションだと僕は言うのです。

もし人と人との関係において、例えばあなたに対して、あなたに奥さんがあるかどうか知りませんが、あなたの奥さんが醜いと仮定してですよ、僕はお目にかかったことがないから平気で言えるんですけど、「あなたの奥さんは何て醜い人でしょう」と私が言ったとしますね。正直かもしれませんよ。だけど、そういうことは人間として言うべきことじゃないです。僕はあなたのお友達として、あなたの奥さんがたとえ醜かろうと、「あなたの奥さんは美しい」と言うのが人間の思いやりだと思うんです。あなたは僕に対してもそうだと思うんです。あなたは僕の家内を見て何てまあぶざまな女だろうと思っても、「あなたの美しい奥さん」と言うでしょう。僕はそれを偽善だと言わないんです。それはデリカシーと言うんです。**日本人は、そのデリカシーの伝統をずっと持ってきたんです。**

ベスター　そうですね。しかし、例えばこういう場合もあるでしょう。話がちょっとそれちゃいますけど、こっちは外国人でしょう。日本語をしゃべるでしょう。よく日本人に、「日本人よりもお上手ですね」と言われることがあるんです。

三島 随分失礼。

ベスター それは非常に不愉快です。それも同じようなことじゃないでしょうか。誰が見てもうちの家内が顔がまずいとわかるのに、礼儀だと思って「あなたの奥さんはおきれいですね」と言うのと大体同じようなことになるんじゃないでしょうか。どうですか。

三島 それもあるかもしれませんけど。ある意味、不愉快ですね。

ベスター そういうことは、正直言って不愉快です。

女性 でも、それは習慣の違いじゃないんですか。日本人は褒めたつもりで、そうおっしゃる。

ベスター 結局、心の中では不愉快なことは本当はないんですけど。しかし、そこまで考えると何も話ができなくなっちゃうから。そう、彼女が言ったように習慣の違いですね。

三島　例えば僕は、偽善と言うとき、西洋ということをすぐ考えるんですね。日本の近代化ということを考えるんです。モダナイゼーション、クリスチャナイゼーション。それの裏にあるクリスチャニティーということを考えるんです。それから、プロテスタンティズムということも考えるんです。これが**戦後の日本の一つの基調**になっているものです。それは、ある意味ではアメリカの影響ですね。

ベスター　それはこっちから見た場合、まだまだあまり発展していないんではないでしょうか。

三島　ところが、日本のインテリはそれに完全に侵されていますよ。

ベスター　特に政治。

三島　政治関係では完全に侵されています。僕は、そういうものはみんな嫌いなの。顔を見るのも嫌だ。

ベスター 日本の憲法が偽善だとおっしゃったんですけど、三島さんの考え方をもう少し説明していただけますか。結局、多くの人は非常に素朴な気持ちで、素直な気持ちで、平和憲法を支持しているんじゃないでしょうか。つまり、偽善だと言えるところまで行っていないんじゃないでしょうか。そんなに深く考えてないんじゃないでしょうか。ただ、死ぬよりは、しばらく生きていたほうがいいという非常に素朴な気持ちで支持しているにすぎないので、本当は偽善というところまで……。それともさっきおっしゃったのは、むしろインテリのことですか。

三島 インテリのことですけど、つまり、なぜ憲法が偽善かというのは、僕はほかの新聞にも書きましたけど、ヤミ食糧取締法というのが戦後にあったんです。そして、その法律のとおりにしていると死んじゃうんです。ある裁判官がその法律を一生懸命守っていたら、栄養失調で死んじゃったんですよ。それで新聞にでかでか出たんです。日本中全部でその法律を破っていたんです。ブラックマーケットからおイモを担いで生きていたんですよ。人間が生きるためには、その法律を破らなければならなかったんです。

法律か死かという問題は、ソクラテス以来の一番の大きな問題です。**法に従うか死ぬかということは、僕は人間社会の一番本質的な問題だと思うんです。**そうすると、日本の憲法を本当に文字どおりに理解すれば、日本人は絶対に死ぬほかないんです。つまり、自衛隊なんてあってはいけないんです。警察でもあってはいけないかもしれません。日本中、完全なオープンカントリーで、何もなきゃ、なくてはいけないんです。つまり、日本で今やっていることは全部憲法違反です。僕はそう思いますよ。それをみんな現実として認めていますけど、政府のやっていることも、誰のやっていることも憲法違反です。ですから、死なないために我々は憲法を裏切っているわけですよ。

そうすると、ヤミ取締法と同じで、**法律というものがモラルをだんだんにむしばんでいくんです。**我々は死ぬのは嫌だから、仕方がないから抜け道で生きていくんだ。それはソクラテスの死と反対でしょう。ソクラテスのような死に方をしたのがその裁判官で、偉い人ですね。だけど、人間はみんなそうやって死ぬわけにいかないんです。生きなきゃならない。だから、今の憲法では、僕は正当防衛理論が成り立つと思うんですよ。死なないために今の憲法の字句をうまくごまかして自衛隊を持ち、いろんなことをやって日本は存立しているんですね。日本はそういう形で何とか形をつけているんです。でも、それはいけないことだと僕は思うんですよ。人間のモラルをむしばむんです。

理想は理想で、僕は立派だと思う。僕は、憲法九条というのが全部いけないと言っているんじゃないんです。つまり、人類が戦争をしないということは立派なことです。平和を守るということは立派なことです。ですが、第二項がいけないでしょう。第二項がアメリカ占領軍が念押しの規定をしているんですよ。念押しをしているのを日本の変な学者が逆解釈して、自衛隊を認めているわけでしょう。そういうようなことをやって、日本人は二十何年間、ごまかしごまかし生きてきた。これから先もまたごまかして生きていこうと思っているのが自民党の政府ですね。

僕はそういうことは大嫌いなんです。**人間がごまかしてそうやって生きていくというのに耐えられない**。本当に嫌いですね。それだけのことです。それはモラルの根底的なところで、どこかでごまかす。そういう法律があるにもかかわらず、人間はこういうことをやっている。

例えば、独占資本主義排撃、何々排撃と言いながら、ソニーのテープレコーダーを使っているでしょう。そういうふうな形でみんなむしばまれていくでしょう。そして、みんな、まあまあ、いや、ご飯を食べて生きて、月給も上がったと喜んでいるでしょう。みんな人生を楽しんでいるでしょう。僕、そういうことはみんな嫌いなんです。ちゃんと楽しむべき理由があって、楽しむことがジャスティファイされて、そして生きているならいいですよね。

ベスター ジャスティファイされてというのは、どういう……。

三島 だって、憲法は日本人に死ねと言っているんですよ。生きているのは、もう既にジャスティファイされていないじゃないですか。

海外での評価

司会 外国人の読者のために少し伺いたいのですが、三島さんの小説で翻訳されたものの中で、特に反響があったなと思われるものはどんな……。

三島 『**潮騒**』が出たときに「タイム」に書評が出て、ハリウッド式のボーイ・ミーツ・ガール・ストーリーだと言ったのです。初めてあれを読んだ人は、きっとそう思うに違いないんですよ。というのは、僕はわざとそれを狙ったんですからね。

司会 あれはギリシャあたりを回って帰ってきたときでしたね。

三島 帰ってきて急に書いた。あれは「ダフニスとクロエ」をアダプトしたのです。『**金閣寺**』で初めて認められた。『**午後の曳航**(えいこう)』という小説は自分で非常に好きで、あれは日本よりも外国のほうでずっと評判がよかった。そうたくさんは売れなかったけども、外国で非常に好かれた小説です。

ベスター あれはネイスンさんが訳されたのですね。あの訳がうまいんです、ご存じでしょうけど。

三島 あの小説は非常に評判がよかったですね。僕は、あの小説に限っては、日本よりも外国で理解されたという感じを今でも持っている。

司会 『**真夏の死**』はいかがですか。

三島 これも短篇集というのは絶対売れないというので、クノップが断った。クノップは、「おまえが谷崎さんぐらい偉くなれば短篇集を出してやるよ」と言った。だけど、ニュー・ディレクションズという本屋さんが出してあげるというんで、喜んでそこで出してもらったら、売れちゃったんですよ。短篇集として異例な売れ行きで、本屋さんもびっくりしちゃった。一万何千売れた。アメリカでは短篇集では珍しい。

司会 『禁色』がたしかクノップ社から。

三島 これは翻訳が問題で、僕は自分でジャッジできないのにそういうことを言うのは失礼だけども、あらゆる友達が、あの翻訳は悪いと言う。原文を全然伝えていないようですね。

司会 英語のほかに訳されている言葉は何語ですか。

三島 十七か十八あります。僕のところにある本で、読めない本がいっぱいあるんです。イスラエル語とか、もらっても全然読めない。

少年時代、そして七十歳の三島像

司会　あと、ベスターさん、何かパーソナルなことでお聞きになりたいことはありませんでしょうか。例えば、平岡公威（きみたけ）さんというのが三島さんの本名なわけですが。

三島　それはおもしろいかもしれない。外国人の読者に、三島の本名はパブリックディグニティだ。

ベスター　えっ？

三島　そういう名前なんです。

司会　公に、威力の威です。

ベスター　あっ、わかりました。

三島　みんな笑うでしょうね（笑）。

司会 でも、姓のほうは非常におとなしいじゃないですか。

三島 姓はプレーンヒル。

司会 平らな岡、公の威力・威光の威。

三島 プレーンヒル・パブリックディグニティ。ハッハハハハ（笑）。

ベスター なるほど、そうですね。おもしろい。

三島さんの子ども時代のことを、少し話していただけませんか。

三島 **僕は子どものときに、うちで空気銃を買ってもらえなかったんで**す。今でも空気銃のショーウインドーを思い出すんです。学習院が四ツ谷の駅の近くでしょう。小学生のときに、四ツ谷の駅の交差点からもうちょっと先へ行きますと、左側に空気銃の店があったんです。友達とガラスに顔をくっつけて一生懸命見ていたんです。その友達も、やはりうちで買ってもらえないんですよ。「欲しいな、欲しいな」と言ったのを思い出す。それが何十年たって、どうしても鉄砲が欲しくなったのと同じでしょうね。ハッハハハハ（笑）。

司会 潜在意識ですね。

三島 そう、潜在意識。

司会 学習院時代、ドイツ語をおやりになったわけですか。

三島 ええ、やりましたね。僕もドイツ語の影響を随分受けていると思う。**ドイツ語の構文の影響を随分受けている。**クライストとかね。クライストの文章の、一ページの一番上に主語があって、一番下に述語があるようなスタイル、ああいうものは僕の小説のスタイルにかなり近いんじゃないでしょうか。長ーいセンテンスの。非常に構造的なスタイル。

ベスター 三島さんは小さいときから読書がお好きだったですか。

三島 **僕は体が弱かったものですから、本しか読めなかった。**みんなが外で遊んでいるときに本を読んでいたような子どもでしょう。まあせてたですね。ですから、本ばっかり読んで。そのかわりそんな大人の本ばかり読んでいたわけじゃない。「少年倶楽部」の冒険小説みたいなので、『吼える密林』という猛獣狩りの話も読んでいたり、一方では「アラビアンナイト」なんか読んでいたり、いろんな童話を読んでいましたね。

ベスター 非常に空想的な子どもでしたから、僕ほかに書いたことがありますけども、綴り方に全然現実のことを書かないんです。『太陽と鉄』にも書いてありました。

三島 例えば「きょうお父さんとデパートに行って、飛行機のおもちゃを買ってもらってうれしかった」ということを、友達はみんな学校で書くわけでしょう。僕はそういうことを書けないんです。初めから夢みたいなことを書くわけですね。「自分が船のマストに上っていたら、ずっと空に蝶々が飛んでいて、その蝶々を追っているうちに自分の体が空に浮かんでいって……」なんていう話を書いてしまうでしょう。学校の先生は一番悪い点をつけるんです。そんな話は本当にはないと言って。そういうことばかり書いていた。

ベスター たしか『太陽と鉄』に書いていらしたと思いますけど、一番最初は自分をあらわすため、自分を表現するために書き始めたんじゃなくて、自分を隠すために書き始めたと。結局、そこに三島さんの文学に対する考え方があると思います。

司会 三島さんは何人きょうだいの……。

三島 三人きょうだいで、妹が戦争の末期に亡くなりまして、今、弟だけです。

ベスター 例えば七十歳の三島さんのことをどういうふうに……。

三島　本当に意地悪な、本当に嫌なじいさんになっているだろうと思いますね。いやーな意地悪なおじいさん。アメリカの漫画にあるでしょう。

ベスター　グランド・オールド・マン・オブ・レターズという感じじゃないでしょうね。

三島　僕はとってもそんなのにはならない。アメリカの漫画に「意地悪じいさん」というのがあるでしょう。人の嫌がることばっかりして喜んでいる。ああいうおじいさんになる。今でも兆候が随分出ている。人が喜ぶようなことを言いたくないんですよ。なるたけ嫌なことを言って暮らしたいですね。だから、うまくいけば小汀(おばま)利得(としえ)みたいになる。僕は、あれはとてもすばらしいおじいさんだと思う。ハッハハハハ（笑）。でも、なかなかあそこまで枯れないかもしれないですよ。小汀さんはユーモアがあっておもしろい

ベスター ですけど、**僕はユーモアがないですから、だめかもしれない。**

三島 三島さんはユーモアがないんですか。

三島 うん（笑）。

言葉のシェパード

三島 僕はドイツ語科を出ましたけども、法律は自分で知らない間に随分影響を受けたと思う。あのころ、あんなに嫌だった法律が、小説を書いたり芝居を書いたりするのに後で随分役に立ったような気がしますね。

司会 学習院を出てから東大の法科へ行かれたわけですね。

三島 僕の友達で法制史の教授をやっているやつが、おまえの小説は法制史のメトーデと同じだと言いましたね。法律というのは不思議なものですね。あんなおもしろい学問はないかもしれません。殊に**手続法といいますか訴訟法はおもしろい。あれが僕の小説構成の一番基本になっているような気がする。**

司会 それはおもしろいですね。初めて聞く話ですね。

三島 というのは、こういうことなんです。つまり、証拠というものがあるでしょう。ある人間が犯罪を犯したかどうかわからない。被疑者というのです。この人間がこのプロセスを通じてだんだん追及されていきますね。証拠追及の手続。最後に証拠がぐっと挙がって、この男が犯人ですね。そのときに初めて裁判が終わって、判決が下される。おまえは何月何日に人を殺したから死刑に処する。これが手続でしょう。

小説とそれを比較しますと、**小説の主題というのは証拠**なんですよ。その主題は、僕自身にもよくわからないんです。この小説の主題は何だろうか。何がフレームかわからないんです。犯人を追及するように一生懸命追及しているわけですね。何度も何度もいろんな書類を集めたり、事実を集めたりして、一番おしまいに、ああわかった！　というとき、その小説の主題が最後に出てくるんです。それは小説も芝居も同じですね。殊に芝居ではそうでしょう。ですから、あの手続というのは、ほとんど僕の小説の構成の一番もとじゃないかしら。

もし主題が初めからはっきりわかっていれば、推理小説になっちゃうんですよ。でも、本当に犯罪を犯したかどうかわからないから小説を書いているのがおもしろい。

司会　最近は短篇小説というのは本当にお書きになりませんね。案外多いと思っておったんですけど。

三島　僕はもう興味をなくしたですね。長篇に精力を使っていると、短篇はちょっと書けない。

ベスター　現在の日本語は、例えば思想を表現する手段としてよくできているかどうか。

三島　よくできていませんねえ。例えば**僕が現代日本語に一番絶望したのは、一九六〇年の安保闘争のとき**ですよね。「民主主義を守れ」というプラカードがいっぱいありました。その一人一人が言っている「民主主義」という意味がみんな違うんですもの。言葉がこんなに多義的に使われたら、文学なんて成り立たないですよ。言葉というものは、一語が一つの意味しかないということで文学が成り立っている。ポール・ヴァレリーもそうですよね。

司会　ヴァレリーはさっき挙げられた「一つのものを表現するのは一つの言葉しかない」という、あれですね。

三島

それが文学者の最後の確信でしょう。ところが、日本語は戦後そういうぐあいになっちゃった。偽善というのは、言葉についても言えることですね。「平和」と言えば、その「平和」の内容が何でもみんな「平和」でいいと思う。その内容は問わないんです。みんな言葉に寄りかかって、その言葉で主張したり、戦争したり、論争したり、けんかしたり、殴り合ったりしているんです、日本人全部が。ジャーナリズムやマスコミはその言葉さえ出せばいいんですから、あと、内容なんか構わないんです。僕は、これが本当に今の日本語の退廃の一つの原因だと思いますし、小説家もそういう言葉を平気で使いますね。全然構わずに、内容も考えないで小説家も言葉を使っています。小説家も堕落していますからね。

ですから、僕が言葉ということをやかましく言うのは、そういうものに対する僕のクリティシズムです。それがなければ嫌だという気持ちがあるから。さっきたまたまフローベールみたいなものをオールドファッションドだと言いましたけど、そうでなくて**今の日本では、僕は、言葉を正すということ以外に道はないんだと思い詰めている。**

ベスター　こういうことを話す資格はないんでしょうけど、現在、何か思想的なことを書こうと思った場合に、初めから自分で自分の文章、自分のスタイルを自分のためにつくっていくしかないような。それしか仕方ないんです。自分のスタイルで主張する以外に、思想ですら主張できなくなっているんです。

三島　それは、僕はある意味では、思想ですら文学というものだと思いますね。そこまで行っていない思想家はみんな非常に浅薄ですよね。**僕は文体でしか思想が主張できないと感じるんですよ、**ある意味でね。難しい時代に来ている。

例えば、芸術家、小説家あるいは文学者としては、僕はシェパードだと思っているんです。ストレイシープが柵の外にいっぱいいるんです。それは言葉ですね。それを柵の中へ連れてくるのが僕の仕事です。僕はその仕事に一生を捧げているんだからシェパードですね。

司会 最後に、今度は「海と夕焼」という小説を訳していただいたわけですけれども、三島さんにお聞きしたいんですが、挿絵を入れたいと思うんです。その場合に、たとえば小説の舞台になっている鎌倉八幡宮をリアルに描いても、あるいは写真を撮っても生々しすぎる。何か切り絵のようなものは……私はこの作者はいかがであろうかと思ってお持ちしたんです。こういう切り絵で挿絵はいかがかと思ったんですが、どうでしょうか。

三島 私はこういうものは好きでない。僕は、もしカラーだったら鎌倉のお寺がそのまま出ても、あれは昔のコピーですから、小説の内容をよく説明すると思うんですよ。鎌倉八幡宮から眺めた鎌倉の海でも。僕はあそこへ行って、そのまま描写してきた文章ですから、そのほうが僕はうれしいです。ありのままの写真が出て、山の上から見た海の景色が出ていれば一番いい。

司会 そうですか。じゃ、それで。これは一人の安里（アンリ）という少年が、十字軍に参加させるという甘言にだまされて、結局、奴隷市場に売られて、それが流れ流れ着いて日本に来て、鎌倉の建長寺の寺男として生涯を送る。山の上で夕焼けが暮れていくのをずっと見ながら、一つの自分の回想の中に入っていくという短いお話なんです。

三島 チルドレンズ・クルセイドの話でね。あのときマルセイユで海が割れるといって、子どもはみんなマルセイユに行ったわけですよ。海が割れるから、そこを通って聖地へ行けるかもしれない。

行けるという預言で行ったら、海が割れなかった。そして奴隷に売られちゃったでしょう。その寺男は、年とってからも、なぜあのとき海が割れなかったんだろう、なぜだろうと考え続けているんですよ。そして海と夕焼けを見るたびに、なぜだろうと考えている。そういう話なんです。

司会　あの中には、カソリックに対する一つのちょっとしたアプローチがあるんですか。

三島　ないんです。僕の気持ちの中に、なぜ海が割れなかったんだろうという気持ちがあるんですよ。海が割れていたら、僕は聖地に行っていたんですよね。だけど、海が割れなかったから、こうやってホテルなんかで（笑）。それは**僕の一種の告白**（コンフェッション）なんです。

司会　それがこの小説のテーマなんですよ。

もう一つ、写真を撮っておきたいと思うんです。たとえば細江英

三島　公君に頼んで、ご自分のお家で写真を撮るみたいな。

司会　よござんすよ。ただ時間があまり……。

三島　これはまだ一ヵ月やそこらの余裕がありますから。

司会　四月でよござんすか。

三島　いいです。

司会　では、四月のときにいたしましょう。

三島　誰がいいですか。細江さんがいいですか。

司会　細江さんでも篠山さんでも、どちらでも。

ベスター　エッセイの方は、小説とは別に書いていただくわけでしょう。どういうことを。

三島　この間、「通小町（かよいこまち）」というお能を見て、僕は非常に陶酔を感じたんですよ。小町のツレをやった能役者、僕はよく知りませんけども、あまりうまい人じゃなかったです。ただ、お面がきれいで、衣装がきれいで、小町が舞台の上を動いている間、例えば一時間のものですから、小町はその間、ずっと出ていますから、一時間という時間があるでしょう。その一時間という時間は、僕の一生にもう二度とないですね。本当に二度と繰り返さない一時間でしょう。その一時間がびっしり占められている。その一時間が何かで塗り潰されている。その一時間、僕はただ見ているだけでしょう。ご飯も食べていなきゃ、仕事もしていなきゃ、ただ見ているだけです。何のために一生に二度と繰り返さない僕のこの一時間があるんだろうか。**僕の一時間を完全に塗り潰してしまったものは何だろうか。それが美だ、**という考えなんです。それは非常に濃密なものですね。あたかも蜜でベタベタベタベタ、誰かが僕の人生から一時間を取っちゃったんです。僕はそれを追っかけていっても、もう取り返せないんですよ。そういうものが僕の人生に割り込んでくるのはなぜなんだろうか。僕はそれをたまたま見に行って、そんな経験をするかどうかわからなかった。それが僕は美だと思うんです。美ってそれ以外ないと思うんですね。「ヘアー」なんか見てごらんなさい。三時間だか二時間だか知らない。「醜」ですよ。ハッハハハハ（笑）。

司会　そういうものを我々が持っているということなんですね。

三島　そうです。それはお能ですね。

司会　あれは『**近代能楽集**』の中におさめられていますか。

三島　いいえ、「通小町」はおさめられていません。「通小町」というお能は、そんな好きなお能じゃなかった。ところが、この間、どうしたかげんか、**小町を見ていたら、ああ、これが美だと思った**。美の塊がそこにあるんですよ。理屈も何もないんですよ。それをエッセイにして、それから始まって、日本の美って何だろうか。

司会 僕の場合に、時間芸術というのがどうしても美の要素になっちゃうんですよ。ですから、そういうことを書こうと思っています。いずれそれは翻訳をベスターさんにお願いいたしますので、よろしく。

三島 今度はそんなに難しい、変な文章を書きませんから(笑)。

司会 どうもありがとうございました。

太陽と鉄

三島由紀夫

　このごろ私は、どうしても小説という客観的芸術ジャンルでは表現しにくいもののもろもろの堆積を、自分のうちに感じてきはじめたが、私はもはや二十歳の抒情詩人ではなく、第一、私はかつて詩人であったことがなかった。そこで私はこのような表白に適したジャンルを模索し、告白と批評との中間形態、いわば「秘められた批評」とでもいうべき、微妙なあいまいな領域を発見したのである。

　それは告白の夜と批評の昼との堺の黄昏（たそがれ）の領域であり、語源どおり「誰（た）そ彼」の領域であるだろう。私が「私」というとき、それは厳密に私に帰属するような「私」ではなく、私から発せられた言葉のすべてが私の内面に還流するわけではなく、そこになにがしか、帰属したり還流したりすることのない残滓（ざんし）があって、それをこそ、私は「私」と呼ぶであろう。

　そのような「私」とは何かと考えるうちに、私はその「私」が、実に私の占める肉体の領域に、ぴったり符合していることを認めざるをえなかった。私は「肉体」の言葉を探していたのである。

私の自我を家屋とすると、私の肉体はこれをとりまく果樹園のようなものであった。私はその果樹園をみごとに耕すこともできたし、又野草の生い茂るままに放置することもできた。それは私の自由であったが、この自由はそれほど理解しやすい自由ではなかった。多くの人は、自分の家の庭を「宿命」と呼んでいるくらいだからである。

あるとき思いついて、私はその果樹園をせっせと耕しはじめた。使われたのは太陽と鉄とであった。たえざる日光と、鉄の鋤鍬(すきくわ)が、私の農耕のもっとも大切な二つの要素になった。そうして果樹園が徐々に実を結ぶにつれ、肉体というものが私の思考の大きな部分を占めるにいたった。

もちろんこういうことは、一朝一夕に行われるものではない。そして又、何らかの深い契機なしにはじまるものでもない。

つらつら自分の幼時を思いめぐらすと、私にとっては、言葉の記憶は肉体の記憶よりもはるかに遠くまで遡(さかのぼ)る。世のつねの人にとっては、肉体が先に訪れ、それから言葉が訪れるのであろうに、私にとっては、まず言葉が訪れて、ずっとあとから、甚だ気の進まぬ様子で、そのときすでに観念的な姿をしていたところの肉体が訪れたが、その肉体は云うまでもなく、すでに言葉に蝕(むしば)まれていた。

まず白木の柱があり、それから白蟻が来てこれを蝕む。しかるに私の場合は、まず白蟻がおり、やがて半ば蝕まれた白木の柱が徐々に姿を現わしたのであった。

私が自分の職業とする言葉を、白蟻などという名で呼ぶのを咎めないでもらいたい。言葉による芸術の本質は、エッチングにおける硝酸と同様に、腐蝕作用に基づいているのであって、われわれは言葉が現実を蝕むその腐蝕作用を利用して作品を作るのである。しかしこの比喩はなお正確ではなく、エッチングにおける銅と硝酸が、いずれも自然から抽出された同等の要素であるのに比して、言葉は、硝酸が銅に対応するように、現実に対応しているとは云えない。言葉は現実を抽象化してわれわれの悟性へつなぐ媒体であるから、それによる現実の腐蝕作用は、必然的に、言葉自体をも腐蝕してゆく危険を内包している。むしろそれは、過剰な胃液が、胃自体を消化し腐蝕してゆく作用に譬えたほうが、適切かとも思われる。

このようなことが、一人の人間の幼時にすでに起っていたと云っても信じられない人が多かろう。

しかし私にとっては、たしかに我身の上に起った劇であり、これが私の二つの相反する傾向を準備していた。一つは、言葉の腐蝕作用を忠実に押し進めて、それを自分の仕事としようとする決心であり、一つは、何とか言葉の全く関与しない領域で現実に出会おうという欲求であった。

いわゆる健康な過程においては、たとえ生れながらの作家であっても、この二つの傾向は相反することなくお互いに協調して、言葉の練磨が現実のあらたかな再発見を生むという、喜ばしい結果に到達することが少なくない。が、それはあくまで「再発見」であって、彼が人生の当初で、肉体の現実を、まだ言葉に汚されずに、所有していたことが条件となっており、私の場合とは事情がちがうと云わねばならない。

綴方(つづりかた)の教師は、私の空想的な綴方に眉をひそめていたが、そこには何ら現実に見合うべき言葉が使われていなかった。何か幼ない私にも無意識のうちに、言語の微妙で潔癖な法則が予感されており、言葉をもっぱらポジティヴな腐蝕作用にのみ用いて、ネガティヴな腐蝕作用を免かれるためには、……もっと簡単に云えば、言葉の純潔性を保持するためには、言葉によって現実に出会うことをできるだけ避けるに限る、……すなわち、ポジティヴな腐蝕作用の触角のみをうごかして、その腐蝕すべき対象にぱったり出会わないように避(よ)けて歩くに限る、……ということが自覚されていたのではないかと思われる。

一方、こうした傾向の当然の反作用として、私は言葉の全く関与しない領域にのみ、現実および肉体の存在を公然とみとめ、かくて現実と肉体は私にとってシノニムになり、一種のフェティッシュな興味の対象となった。しらずしらずのうちに、私が言葉に対する関心を、この関心へ敷衍(ふえん)していたこともたしかであって、この種のフェティシズムは、私の言葉に対するフェティシズムと正確に照応していた。

第一段階において、私が自分を言葉の側に置き、現実・肉体・行為を他者の側に置いていたことは明白であろう。言葉に対する私の偏見が、このような故意に作られた二律背反によって助長されたのもたしかであるが、同時に、現実・肉体・行為に対する根強い誤解が、このようにして形成されたのもたしかなことであった。

二律背反は、私がそもそも肉体を所有せず、現実を所有せず、行為を所有しないという前提の下に立っていた。なるほど人生の当初に肉体が私を訪れたのは遅れていたが、すでに言葉を用意してこれを迎えた私は、あの第一の傾向によって、はじめからそれを「私の肉体」として認知しなかったのではないかと思われる。もし私がそれを肉体と認めれば、私の言葉の純潔は失われ、私は現実に冒された者となり、現実はもはや不可避であろう。

面白いことには、私が頑(かたく)なにそれを認知しまいとしたことは、私の肉体の観念に、はじめから或る美しい誤解がひそんでいたからであった。私は男の肉体が決して「存在」として現われることがないということを知らなかった。私の考えでは、それはいかにも「存在」として現われるべきだったのである。従ってそれが、存在に対するおそるべき逆説、存在することを拒否するところの存在形態として、あからさまな姿を現わしたとき、私は怪物にでも出会ったように狼狽(ろうばい)し、それを私一人の例外のごとく思い做(な)した。他の男も、男という男がすべてそうであろうとは、私の想像も及ばぬところであった。

明らかに誤解から生れたものながら、このような狼狽と恐怖が、他に「あるべき肉体」「あるべき現実」を仮構するのは、当然のことであろう。存在することを拒否するところの存在形態を持った肉体を、男の肉体の普遍的な存在様式であるとは夢にも知らなかった私は、かくて「あるべき肉体」を仮構するに際して、すべてその反対の性格を賦与しようと試みた。そして例外的な自分の肉体存在は、おそらく言葉の観念的腐蝕によって生じたものであろうから、「あるべき肉体」「あるべき現実」は、絶対に言葉の関与を免かれていなければならなかった。その肉体の特徴は、造形美と無言ということに尽きたのである。

しかも、私は、一方、言葉の腐蝕作用が、同時に、造型的作用を営むものであるなら、その造型の規範は、このような「あるべき肉体」の造型美に他ならず、言葉の芸術の理想はこのような造型美の模作に尽き、……つまり、絶対に腐蝕されないような現実の探究にあると考えた。

これは一つの明らかな自己矛盾であって、いわば言葉からはその本質的な作用を除去し、現実からはその本質的な特徴を抹殺しようという企てである。しかし一面から云えば、言葉と、その対象としての現実とを、決して相逢わせぬためには、もっとも巧妙で、狡智に充ちた方法である。

このようにして私の精神が、しらずしらず、相矛盾するものの双方に二股をかけ、自分に都合のいいように、架空の神のような立場から、双方を操作しようとしはじめたときに、私は小説を書きはじめた。そして現実と肉体に対する飢渇をますます強めた。

……ずっとあとになって、私は他ならぬ太陽と鉄のおかげで、一つの外国語を学ぶようにして、肉体の言葉を学んだ。それは私のsecond languageであり、形成された教養であったが、私は今こそその教養形成について語ろうと思うのである。それは多分、比類のない教養史になるであろうし、同時に又、もっとも難解なものになるであろう。

幼時、私は神輿の担ぎ手たちが、酩酊のうちに、いうにいわれぬ放恣な表情で、顔をのけぞらせ、甚だしいのは担ぎ棒に完全に項を委ねて、神輿を練り回す姿を見て、かれらの目に映っているものが何だろうかという謎に、深く心を惑わされたことがある。私にはそのような烈しい肉体的な苦難のうちに見る陶酔の幻が、どんなものであるか、想像することもできなかった。そこでこの謎は久しきに亙って心を占めていたが、ずっとあとになって、肉体の言葉を学びだしてから、私は自ら進んで神輿を担ぎ、幼時からの謎を解明する機会をようよう得た。その結果わかったことは、彼らはただ空を見ていたのだった。彼らの目には何の幻もなく、ただ初秋の絶対の青空があるばかりだった。しかしこの空は、私が一生のうちに二度と見ることはあるまいと思われるほどの異様な青空で、高く絞り上げられるかと思えば、深淵の姿で落ちかかり、動揺常なく、澄明と狂気とが一緒になったような空であった。

私は早速この体験を小さなエッセイに書いたが、それが私にとって、いかにも重要な体験だと思われたからだった。

なぜならそのとき、私は自分の詩的直観によって眺めた青空と、平凡な巷の若者の目に映った青空との、同一性を疑う余地のない地点に立っていたからである。このような瞬間こそ、私が久しく待ち設けていたものであるが、それは太陽と鉄の恵みに他ならなかった。なぜ同一性を疑う必要がないかと云えば、一定の肉体的条件を等しくし、一定量の肉体的な負担を頒け合い、等量の苦痛を味わい、等量の酩酊に犯されているからには、その感覚の個人差は無数の条件に制約されて、能(あた)うかぎり少なくなり、……しかも麻薬の幻想のような内観的な要素がほとんど排除されているのであれば……、私の見たものは、決して個人的な幻覚でなくて、或る明確な集団的視覚の一片でなければならない。そして私の詩的直観は、あとになって言葉によって想起され再構成される場合に、はじめて特権となるのであって、揺れうごく青空に接しているときの私の視覚は、行為者のパトスの核心に触れていたのである。

そして又、私は、その揺れうごく青空、翼をひろげた獰猛(どうもう)な巨鳥のように、飛び降(くだ)り又翔(か)けのぼる青空のうちに、私が「悲劇的なもの」と久しく呼んでいたところのものの本質を見たのだった。

　私の悲劇の定義においては、その悲劇的パトスは、もっとも平均的な感受性が或る瞬間に人を寄せつけぬ特権的な崇高さを身につけるところに生れるものであり、決して特異な感受性がその特権を誇示するところには生れない。したがって言葉に携わる者は、悲劇を制作することはできるが、参加することはできない。しかもその特権的な崇高さは、厳密に一種の肉体的勇気に基づいている必要があった。悲劇的なものの、悲壮、陶酔、明晰などの諸要素は、一定の肉体的な力を具（そな）えた平均的感性が、正に自分のために用意されたそのような特権的な瞬間に際会することから生れてくる。悲劇には、反悲劇的な活力や無知、なかんずく、或る「そぐわなさ」が要るのであった。人があるとき神的なものであるためには、ふだんは決して神あるいは神に近いものであってはならなかった。

　そしてそのような人間だけが見ることのできるあの異様な神聖な青空を、私も亦（また）見ることができたときに、私ははじめて自分の感受性の普遍性を信じることができ、私の飢渇は癒やされ、言葉の機能に関する私の病的な盲信は取り除かれた。私はそのとき、悲劇に参加し、全的な存在に参加していたのである。

　一度こういうものを見ると、私ははじめてまだ知らなかった多くのことを理解した。言葉が神秘化していたものを、筋肉の行使はやすやすと解明した。それはあたかも人々が、エロティスムの意味を知るのと似ている。私には徐々に存在と行為の感覚がわかってきたのである。

そんなことなら私の辿った道は、人より多少遅れて、同じ道を辿ったというにすぎなくなる。しかし、私は又別の私流の企図を持った。もし一個の観念が私の精神に浸潤して、私の精神をその観念で肥大させ、さらにそれが私の精神を占領するような事態が起ったとしても、精神の世界では別段めずらしい出来事ではないが、徐々に肉体と精神の二元論に倦(う)み疲れはじめていた私には、何故このような事件が精神内部で起り、精神の外縁(そとべり)で終ってしまうのかという当然な疑問が湧いた。もちろん精神的な煩悶が胃潰瘍の原因になったりする心身相関的(サイコ・ソマティック)な実例はよく知られている。私の考えたことは、そこに止(とど)まらない。もし私の幼時の肉体が、まず言葉に蝕まれた観念的な形姿で現われたのであれば、今はこれを逆用して、一個の観念の及ぶところを、精神から肉体に及ぼし、肉体すべてをその観念の金属でできた鎧(よろい)にしてしまうことができるのではないかと考えたのだ。

もともとその観念は、私の悲劇の定義でも述べたように、肉体の観念に帰着すべき性質を持っていた。そして私の脳裡では、精神よりも肉体のほうがより高度に観念的であり得、より親密に観念に馴染み得るように思われた。
なぜなら観念（イデア）とはそもそも人間存在にとって一個の異物であり、不随意筋や統御不能の内臓や循環系に充ちた肉体は、精神にとっての異物であって、人は異物としての肉体を、異物としての観念の比喩として語ることさえできるのだ。そして一つの観念の巧みな襲来は、あたかもはじめから、宿命的に賦与されたもののようにさえ感じさせるから、それはますます各人に賦与された肉体との相似を強め、その統御不能の自動的な機能さえ、肉体に酷似してくる筈である。キリスト教の受肉の思想はここに基づき、ある人々は掌と足の甲に聖痕（スティグマ）を現わすことさえできるのである。

しかしわれわれの肉体には一定の制約があり、たとえ或る矯激（きょうげき）な観念がわれわれの頭に、一双のいかめしい角を生やすことを望んだところで、角が生えて来ないことは自明である。この制約は最終的には調和と均衡に帰結し、もっとも平均的な美と、あの動揺する青空を見るに足る肉体的資格を与えるだけに終るであろう。それが又、異常な矯激な観念に対する復讐と修正の機能を果すであろう。そしてつねに私を、あの「同一性を疑う余地のない地点」へ連れ戻すであろう。そこで私の肉体は一個の観念の所産であると同時に、観念自体を隠す最上の隠れ蓑（みの）

となるであろう。肉体が無個性の完璧な調和に達するならば、個性は永久に座敷牢に閉じこめておくことができるにちがいない。私はもともと、精神の怠惰をあらわす太鼓腹や、精神の過度発達をあらわす肋のあらわれた薄い胸などの肉体的個性を、はなはだ醜いものと考えていたが、それらの肉体的個性を自ら愛している人々があるのを知って、おどろかずにはいられなかった。それは精神の恥部を肉体にさらけ出している無恥厚顔な振舞というふうに思いなされた。このようなナルシシスムこそ、私がゆるすことのできない唯一のナルシシスムなのであった。

さて、あの飢渇によって生じた肉体と精神の乖離の主題は、ずいぶん永いあいだ私の作品の中に尾を引いていた。私がその主題から徐々に遠ざかったのは、「肉体にも、固有の論理と、ひょっとすると固有の思考があるかもしれない」と考えはじめてからであり、「造形美と無言だけが肉体の特質ではなく、肉体にもそれ特有の饒舌があるにちがいない」と感じはじめてからのことである。

しかし今私がこんな風に、二つの思考の推移を物語ると、人は必ずや、私がむしろ常識から出発して、非論理的な混迷へ向って進んで行った、と感じるにちがいない。近代社会における肉体と精神の乖離は、むしろ普遍的な現象であって、それについて不平をこぼすことは、誰にも納得のゆく主題であるのに、「肉体の思考」だの「肉体の饒舌」だのという感覚的なたわ言には誰もついては行けず、私がそのような言葉で自分の混迷をごまかしていると感じるかもしれない。

が、私が現実および肉体に対するフェティシズムと、言葉に対するフェティシズムを、正確に相照応するものとして同格に置いたとき、すでに私の発見は、事前に予見されていたと云ってよかろう。造形美に充ちた無言の肉体を、造形美を模した美しい言葉と対応させることによって、同一の観念（イデア）の源から出た二つのものとして同格に置いたとき、すでに私はわれしらず言葉の呪縛から身を解き放っていたといえるのだ。なぜならそれは、無言の肉体の造形美と言葉の造形美との同一起源を認め、肉体と言葉を同格化しうるような、一つのプラトン的な観念を求めはじめていたことを意味し、その段階では、肉体への言葉の投影の試みは、すでに手の届くところにあったからである。もちろんその試み自体は、ひどく非プラトン風な試みであったが、肉体の思考と饒舌について私が語りはじめるには、もうたった一つの体験を経ればよかった。

そしてそれを語るにはまず、私と太陽との最初の出会から述べなくてはならぬ。

奇異な言い方だが、私は太陽に出会った経験が二度あるのだ。ある人物と決定的な出会をして、それから終生離れられなくなるずっと以前に、むこうもこちらに気づかず、こちらもほとんど無意識な状態で、その大切な人物にどこかでちらと出会っていることがあるものだ。私と太陽との出会もそうであった。

最初の無意識の出会は、一九四五年の敗戦の夏。あの戦中戦後の堺目のおびただしい夏草を照らしていた苛烈な太陽。(その堺目は、ただ夏草のなかに半ば埋もれていた、そしてさまざまな方向へ傾いだ、こわれかけた一連の鉄条網にすぎなかった)私はその太陽を浴びて歩いていたが、それが自分に対してどういう意味をもつか、よくわからなかった。

あれは大そう緊密で均等な夏の日光で、しんしんと万物の上に降りそそいでいた。戦争が終っても少しも変らずにそこにある緑濃い草木は、この白昼の容赦ない光りに照らし出されて、一つの明晰な幻影として微風にそよいでいた。私はそれらの葉末に私の指が触れても、消え去ろうとしないことにおどろいた。

この同じ太陽が、すぐる月日、すぐる年月、全的な腐敗と破壊に関わってきたのだった。もちろんそれは、出撃する飛行機の翼や、銃剣の林や、軍帽の徽章や、軍旗の縫取りを、鼓舞するように輝やかしてきたにはちがいないが、それよりもずっと多く、肉体からとめどもなく洩れる血潮と、傷口にたかる銀蠅の胴を輝やかせ、腐敗を司り、熱帯の海や山野における多くの若い死を宰領し、最後にあの地平線までひろがる赤銹いろの広大な廃墟を支配してきたのであった。

太陽は死のイメージと離れることがなかったから、私はそれから肉体上の恵みをうけることになろうとは、夢にも思っていなかった。それまでもちろん、戦時中の太陽は光輝と栄誉のイメージをも保ちつづけてはいたが。

すでに十五歳の私は次のような詩句を書いていた。

「それでも光りは照ってくる
　ひとびとは日を讃美する
　わたしは暗い坑のなか
　陽を避け　魂を投げ出だす」

何と私は仄暗い室内を、本を積み重ねた机のまわりを、私の「坑」を愛していたことだろう。何と私は内省をたのしみ、思索を装い、自分の神経叢の中のかよわい虫のすだきに聴き惚れていたことだろう。

太陽を敵視することが唯一の反時代的精神であった私の少年時代に、私はノヴァーリス風の夜と、イエーツ風のアイリッシュ・トゥワイライトとを偏愛し、中世の夜についての作品を書いたが、終戦を堺として、徐々に私は、太陽を敵に回すことが、時代におもねる時期が来つつあるのを感じた。

　そのころ書かれ、あるいは世に出た文学作品には、夜の思考が支配的であり、ただ彼らの夜は私の夜に比べて、はるかに非耽美的であるだけのちがいにすぎなかった。そして時代は、稀薄な夜よりも濃厚な夜により多くの敬意を払い、少年時代にあれほどたっぷり身をひたしていた私自身の蜜のように濃厚な夜も、かれらの目からはひどく稀薄な夜と見えるらしかった。私は次第次第に、戦時中に自分の信じた夜に自信を失い、ひょっとすると私は終始一貫、太陽を崇める側に属していたのではないか、と考えるようになった。もしかすると、そうかもしれなかった。そしてもしそれが事実なら、今私が依然として太陽を敵にまわしていることは、そして私流の小さな夜を主張しつづけることは、時代へのおもねりにすぎないのではないかと疑われた。

　夜の思考を事とする人間は、例外なく粉っぽい光沢（つや）のない皮膚をもち、衰えた胃袋を持っていた。かれらは或る時代を一つのたっぷりした思想的な夜で包もうとしていたし、私の見たあらゆる太陽を否定していた。私の見た生をも、私の見た死をも、否定していた。何故なら太陽はその双方に関わっていたからである。

一九五二年に、私がはじめての海外旅行へ出た船の上甲板で、太陽とふたたび和解の握手をしたことは、ほかにも書いたから、ここには省こう。ともあれそれは、私と太陽との二度目の出会であった。

爾来、私は太陽と手を切ることができなくなった。太陽は私の第一義の道のイメージと結びついた。そして徐々に太陽は私の肌を灼き、私にかれらの種族の一員としての刻印を捺した。

しかし、思考は本質的に夜に属するのではないだろうか？　言葉による創造は、必然的に、夜の熱い闇のなかで営まれるのではないだろうか？　私は依然、夜を徹して仕事をする習慣を失っていなかったし、私のまわりには、夜の思考の跡を、その皮膚にありありと示している人々がいた。

再びしかし、人々はなぜ深みを、深淵を求めるのだろうか？　思考はなぜ測深錘のように垂直下降だけを事とするのだろうか？　思考がその向きを変えて、表面へ、表面へと、垂直に昇ってゆくことがどうして叶わぬのだろうか？

人間の造形的な存在を保証する皮膚の領域が、ただ感性に委ねられて放置されるままに、もっとも軽んぜられ、思考は一旦深みを目ざすと不可視の深淵へはまり込もうとし、一旦高みを目ざすと、折角の肉体の形をさしおいて、同じく不可視の無限の天空の光りへ飛び去ろうとする、その運動法則が私には理解できなかった。もし思考が上方であれ下方であれ、深淵を目ざすのがその原則であるなら、われわれの個体と形態を保証し、われわれの内界と外界をわかつところの、その重要な境界である「表面」そのものに、一種の深淵を発見して、「表面それ自体の深み」に惹かれないのは、不合理きわまることに思われた。

太陽は私に、私の思考をその臓器感覚的な夜の奥から、明るい皮膚に包まれた筋肉の隆起へまで、引きずり出して来るようにそそのかしていた。そうして少しずつ表面へ泛び上って来る私の思考を、堅固に安心して住まわせることのできるように、私に新らしい住家を用意せよと命じていた。その住家とは、よく日に灼け、光沢を放った皮膚であり、敏感に隆起する力強い筋肉であった。正にこういう住家が要求され、こういう調度が条件とされるために、「形の思想」「表面の思想」は、多くの知識人たちに親しまれずに終ったのにちがいない。

病んだ内臓によって作られる夜の思想は、思想が先か内臓のほんのかすかな病的兆候が先かを、ほとんどその人が意識しないあいだに形づくられている。しかし肉体は、目に見えぬ奥処で、ゆっくりとその思想を創造し管理しているのである。これに反して、誰の目にも見える表面が、表面の思想を創造し管理するには、肉体的訓練が思考の訓練に先立たねばならぬ。私がそもそも「表面」の深みに惹かれたそのときから、私の肉体訓練の必要は予見されていた。

私はそのような思想を保証するものが、筋肉しかないことを知っていた。病み衰えた体育理論家を誰が顧るだろうか。書斎にいて夜の思想を操ることは許されても、蒼ざめた書斎人が肉体について語るときの、非難であれ讃嘆であれ、その昏ほど貧寒なものがあろうか。これらの貧しさについて私はよく知りすぎていたので、ある日卒然と、自分も筋肉を豊富に持とうと考えた。

こうしてすべてが私の「考え」から生れるところに、どうか目を注いでもらいたい。肉体訓練によって、不随意筋と考えられていたものが随意筋に変質するように、思考の訓練も、そういう変質を齎すことを私は信じている。肉体も思考も、一種の自然法則とさえ名付けたいような不可避の傾向によって、オートマティスムに陥りやすいものであるが、小さな水路を穿てば容易に水流を変えうることは、私がすでにしばしば体験したところである。

われわれの肉体と精神の共通性の一例がここにもあり、或る時点で、或る観念に統括された肉体や精神は、たちまちそこに「見せかけの秩序」の整った小宇宙を形成する傾きがあるのである。それは一つの休止であるのに、あたかも活潑な求心的な活動という風に感じられる。肉体や精神の、こういう須臾にして小宇宙をつくり上げる形成作用は、幻のはたらきに似ているが、われわれの生命のつかのまの幸福感は、このような「見せかけの秩序」に負うところが多い。それは外部の混沌に対して、針鼠が丸く身をちぢめるような生命の防衛機能ともいえるであろう。

これから考えられることは、一つの「見せかけの秩序」を打破して、別の「見せかけの秩序」を作り上げ、生命のこのような頑固な形成作用を逆用して、自分の目的に叶う方向へ向けてやることは、できない相談ではないということだ。その「考え」を私はすぐ実行に移す。こんな場合の私の「考え」は、思考というよりも、日々の太陽が私に与える、新らしいその日その日の一つの企図だと云ってよかった。

こうして私の前に、暗く重い、冷たい、あたかも夜の精髄をさらに凝縮したかのような鉄の塊が置かれた。

以後十年にわたる鉄塊と私との、親しい付合はその日にはじまった。

鉄の性質はまことにふしぎで、少しずつその重量を増すごとに、あたかも秤のように、その一方の秤皿の上に置かれた私の筋肉の量（かさ）を少しずつ増してくれるのだった。まるで鉄には、私の筋量との間に、厳密な平衡を保つ義務があるかのようだった。そして少しずつ私の筋肉の諸性質は、鉄との類似を強めて行った。この徐々たる経過は、次第に難しくなる知的生産物を脳髄に与えることによって、脳を知的に改造してゆくあの「教養」の過程にすこぶる似ていた。そして外的な、範例的な、肉体の古典的理想形がいつも夢みられており、教養の終局の目的がそこに存する点で、それは古典主義的な教養形成によく似ていたのである。

　しかし、本当は、どちらがどちらに似ていたのであろうか？　私はすでに言葉を以て、肉体の古典的形姿を模そうと試みていたではないか。私にとっては、美はいつも後退（あとずさ）りをする。かつて在った、あるいはかつて在るべきであった姿しか、私にとっては重要でない。鉄塊は、その微妙な変化に富んだ操作によって、肉体のうちに失われかかっていた古典的均衡を蘇らせ、肉体をあるべきであった姿に押し戻す働らきをした。

　近代生活に於てほとんど不要になった筋肉群は、まだわれわれ男の肉体の主要な構成要素であるが、その非実用性は明らかで、大多数のプラクティカルな人々にとって古典的教養が必要でないように、隆々たる筋肉は必要でない。筋肉は次第次第に、古代希臘語（ギリシア）のようなものになっていた。その死語を蘇らすには、鉄による教養が要り、その死の沈黙をいきいきとした饒舌に変えるには、鉄の助力が要るのだった。

鉄が私の精神と肉体との照応を如実に教えた。すなわち柔弱な情緒は柔弱な筋肉と照応しており、感傷は弛緩した胃と、感受性は過敏な白い皮膚と、それぞれ照応していると考えられたから、隆々たる筋肉は果敢な闘志と、張り切った胃は冷静な知的判断と、強靭な皮膚は剛毅な気性と照応している筈であった。念のために言っておくが、私は一般に人間がそういうものだと言おうとしているのではない。私の乏しい観察によっても、隆々たる筋肉が弱気な心を内に蔵（かく）している例は枚挙にいとまがなかった。ただ前述したように、私にとっては肉体よりも先に言葉が来たのであるから、果敢、冷静、剛毅などの、言語が呼びおこす諸徳性の表象は、どうしても肉体的表象として現われねばならず、そのためには自分の上に、一つの教養形成として、そのような肉体的特性を賦与すればよかったのである。

さらに私には、そうした古典的形成の果てに、浪曼的企図がひそんでいた。すでに少年時代から私の裡（うち）に底流していた浪曼主義的衝動は、一つの古典的完成の破壊としてのみ意味があったが、それは全曲のさまざまな主題を含んだ序曲のように私の中で用意され、私が何一つ得ぬうちから、決定論的な構図を描いていた。すなわち私は、死への浪曼的衝動を深く抱きながら、その器として、厳格に古典的な肉体を要求し、ふしぎな運命観から、私の死への浪曼的衝動が実現の機会を持たなかったのは、実に簡単な理由、つまり肉体的条件が不備のためだったと信じていた。浪曼主義的な悲壮な死のためには、強い彫刻的な筋肉が必須のものであり、もし柔弱な贅肉が死に直面するならば、そこには滑稽なそぐわなさがあるばかりだと思われた。十八歳のとき、私は夭折にあこがれながら、自分が夭折にふさわしくないことを感じていた。なぜなら私はドラマティックな死にふさわしい筋肉を欠いていたからである。そして私を戦後へ生きのびさせたものが、実にこのそぐわなさにあったということは、私の浪曼的な矜り(ほこ)を深く傷つけた。

とはいえ、それらの観念上の葛藤は、すべて、なおまだ何一つ得ていない人間の、序曲の中の葛藤にすぎなかった。私はいずれ何かを得、何かを壊せばよかった。その手がかりを与えてくれたものこそ、鉄塊だったのである。

多くの人が知的形成をある程度完成してそこで満足する地点で、私にとっては、知性が決して柔和な教養として現われず、ただ武器として生きるための手段としてしか与えられていなかったことを、発見しなければならなかった。そこで私の教養のためには、肉体鍛練が必須のものとなったが、これはあたかも、生きるための手段として肉体しか持たなかった人間が、青春の終りに臨んで、しゃにむに知的教養を身につけようとしはじめるのに似ていたと云えよう。

さて、私は鉄を介して、筋肉に関するさまざまなことを学んだ。それはもっとも新鮮な知識であり、書物も世故も決して与えてくれることのない知識であった。筋肉は、一つの形態であると共に力であり、筋肉組織のおのおのは、その力の方向性を微妙に分担し、あたかも肉で造り成された光りのようだった。

力を内包した形態という観念ほど、かねて私が心に描いていた芸術作品の定義として、ふさわしいものはなかった。そしてそれが光り輝やいた「有機的な」作品でなければならぬ、ということ。

そうして作られた筋肉は、存在であることと作品であることを兼ね、逆説的にも、一種の抽象性をすら帯びていた。ただ一つの宿命的な欠陥は、それが生命に密着しすぎているために、やがて生命の衰退と共に衰え、滅びなければならぬということであった。

このふしぎな抽象性については後に述べることにして、筋肉は私にとってもっとも望ましい一つの特性、言葉の作用と全く相反した一つの作用を持っていた。それは言葉の起源について考えてみればよくわかることである。言葉ははじめ、普遍的な、感情と意志の流通手段として、あたかも石の貨幣のように、一民族の間にゆきわたる。それが手垢に汚れぬうちは、みんなの共有物であり、従って又、それは共通の感情をしか表現することができない。しかし次第に言葉の私有と、個別化と、それを使う人間のほんのわずかな恣意とがはじまると、そこに言語の芸術化がはじまるのである。まず私の個性をとらえ、私を個別性の中へ閉じ込めようと、羽虫の群のように襲いかかってきたのはこの種の言葉だった。しかし、襲われた私は全身を蝕まれながらも、敵の武器でもあり弱点でもある普遍性を逆用して、自分の個性の言葉による普遍化に、多少の成功を納めたのであった。

その成功は、だが、「私は皆とはちがう」という成功であり、本質的に、言葉の起源と発祥に背(そむ)いている。言語芸術の栄光ほど異様なものはない。それは一見普遍化を目ざしながら、実は、言葉の持つもっとも本源的な機能を、すなわちその普遍妥当性を、いかに精妙に裏切るか、というところにかかっている。文学における文体の勝利とは、そのようなものを意味しているのである。古代の叙事詩の如き綜合的な作品は別として、かりにも作者の名の冠せられた文学作品は、一つの美しい「言語の変質」なのであった。

みんなの見る青空、神輿（みこし）の担ぎ手たちが一様に見るあの神秘な青空については、そもそも言語表現が可能なのであろうか？

私のもっとも深い疑問がそこにあったことは前にも述べたとおりであり、鉄を介して、私が筋肉の上に見出したものは、このような一般性の栄光、「私は皆と同じだ」という栄光の萌芽である。鉄の苛酷な圧力によって、筋肉は徐々に、その特殊性や個性（それはいずれも衰退から生じたものだ）を失ってゆき、発達すればするほど、一般性と普遍性の相貌を帯びはじめ、ついには同一の雛型（ひながた）に到達し、お互いに見分けのつかない相似形に達する筈なのである。その普遍性はひそかに蝕まれてもいず、裏切られてもいない。これこそ私にとってもっとも喜ばしい特性と言えるものだった。

そこに、これほど目にも見え、手にも触れられる筋肉というものの、独自の抽象性がはじまるのである。言葉に比べて、コミュニケーションの欠如を本質とする筋肉は、コミュニケーションの手段としてのふつうの抽象性を持ちうる筈もない。しかし……

ある夏の日私は、鍛練に熱した筋肉を、風通しのよい窓ぎわへ行って冷してい
た。汗はたちまち退き、筋肉の表面を薄荷のような涼しさが通りすぎた。そのと
き、私の中から筋肉の存在感は一瞬のうちに拭い去られ、あたかも言葉がその抽
象作用によって具体的な世界を嚙み砕いてしまうように、そして、それによっ
て、言葉があたかも存在しなかったかの如く感じられてしまうように、今、私の
筋肉が、一つの世界を確実に嚙み砕き、嚙み砕いたあとでは、あたかも筋肉が存
在しなかったかの如く感じられた。

筋肉はそのとき何を嚙み砕いたのか？

筋肉はわれわれが通例好加減に信じている存在の感覚を嚙み砕き、それを一つ
の透明な力の感覚に変えてしまっていた。これこそ私が、その抽象性と呼ぶとこ
ろのものである。鉄の行使がすでにしつこく暗示していたように、筋肉と鉄との
関係は相対的であり、われわれと世界との関係によく似ていた。すなわち、力が
対象を持たなければ力でありえないような存在感覚が、われわれと世界との基本
的な関係であり、そのかぎりにおいてわれわれは世界に依存し、私は鉄塊に依存
していたのである。そして私の筋肉が徐々に鉄との相似を増すように、われわれ
は世界によって造られてゆくのであるが、鉄も世界もそれ自身存在感覚を持って

いる筈もないのに、愚かな類推から、しらずしらず鉄や世界も存在感覚を持っているようにわれわれは錯覚してしまう。そうしなければわれわれ自身の存在感覚の根拠をたしかめられないような気がするし、アトラスはその肩に荷う地球を、次第に自分と同類のものと思い做すだろう。かくてわれわれの存在感覚は対象を追い求め、いつわりの相対的世界にしか住むことができないのである。

なるほど一定量の鉄塊を持ち上げているとき、私は自分の力を信ずることができた。私は汗ばみ、喘ぎ、力の確証を求めて闘っていた。そのとき力は私のものであると同時に、鉄のものでもあった。私の存在感覚は自足していた。

だが、筋肉は鉄を離れたとき絶対の孤独に陥り、その隆々たる形態は、ただ鉄の歯車と嚙み合うように作られた歯車の形にすぎぬと感じられた。涼風の一過、汗の蒸発、……それと共に消え去る筋肉の存在。……しかし、筋肉はこのときもっとも本質的な働らきをし、人々の信じているあいまいな相対的な存在感覚の世界を、その見えない逞しい歯列で嚙み砕き、何ら対象の要らない、一つの透明無比な力の純粋感覚に変えるのである。もはやそこには筋肉すら存在せず、私は透明な光りのような、力の感覚の只中にいた。

書物によっても、知的分析によっても、決してつかまえようのないこの力の純粋感覚に、私が言葉の真の反対物を見出したのは当然であろう。
すなわちそれは、徐々に私の思想の核になったのである。

……思想の形成は、一つのはっきりしない主題のさまざまな言い換えの試みによってはじまる。釣師がさまざまな釣竿を試し、剣道家がさまざまな竹刀を振ってみて、自分に適した寸法と重みを発見するように、思想が形成されようとするときには、或るまだ定かでない観念をいろいろな形に言い換えてみて、ついに自分に適した寸法と重みを発見したときに、思想は身につき、彼の所有物になるであろう。

私は力の純粋感覚を体得したとき、正にそれこそ私の思想の核となる予感があったが、言うに言われない喜びが生れて、自分はそれを一つの思想として身につける前に、存分にそれと戯れてやろうという愉しみを心に抱いた。この戯れとは、時間を遷延し思想が凝固するのを妨げながら、しかも、不断に、その形成へのさまざまな試みをつづけることであり、多くの試みを通じて、再びあの純粋感覚に立ち戻って、それをたしかめることであり、あたかも骨をもらった犬が、骨の放つ本質的な好餌(こうじ)の匂いに魅せられながら、その魅せられてある時間をなるたけ引き延ばして、骨と戯れているようなものである。

私にとっての次の言い換えの試みは、拳闘であり、剣道であったが、それについては後に述べるとして、力の純粋感覚の言い換えが、拳の一閃や、竹刀の一撃へ向うのは当然だった。拳の一閃の先、竹刀の一撃の先に存在するものこそ、筋肉から放たれる不可見の光りのもっともあらたかな確証だったからだ。それは肉体の感覚器官の及ぶ紙一重先にある、「究極感覚」ともいうべきものへの探究の試みであった。

そこには、何もない空間に、たしかに「何か」がひそんでいた。力の純粋感覚を以てしても、その一歩手前へまでしか到達できないのだが、まして知性や芸術的直観では、その十歩二十歩手前へさえ行けないのである。なるほど芸術は何らかの形で、それを「表現」することはできるだろう。しかし表現には媒体が要り、私の場合は、その媒体たる言葉の抽象作用がすべての妨げをなすと考えられたから、表現という行為自体の疑わしさからはじめた者が、表現で満足する筈はなかった。

言葉に対する呪咀は、当然、表現行為の本質的な疑わしさに思い及ぶにちがいない。何故、われわれは言葉を用いて、「言うに言われぬもの」を表現しようなどという望みを起し、或る場合、それに成功するのか。それは、文体による言葉の精妙な排列が、読者の想像力を極度に喚起するときに起る現象であるが、そのとき読者も作者も、想像力の共犯なのだ。そしてこのような共犯の作業が、作品という「物」にあらざる「物」を存在せしめると、人々はそれを創造と呼んで満足する。

現実において、言葉は本来、具象的な世界の混沌（カオス）を整理するためのロゴスの働きとして、抽象作用の武器を以て登場したのであったが、その抽象作用を逆用して、言葉のみを用いて、具象的な物の世界を現前せしめるという、いわば逆流する電流の如きものが、表現の本質なのであった。あらゆる文学作品が、一つの美しい「言語の変質」だと、私が前に述べたのも、このことと照応している。表現とは、物を避け、物を作ることだ。

想像力という言葉によって、いかに多くの怠け者の真実が容認されてきたことであろうか。肉体をそのままにして、魂が無限に真実に近づこうと逸脱する不健全な傾向を、想像力という言葉が、いかに美化してきたことであろうか。他人の肉体の痛みをわが痛みの如く感ずるという、想像力の感傷的側面のおかげで、人はいかに自分の肉体の痛みを避けてきたことであろうか。又、精神的な苦悩などという、価値の高低のはなはだ測りにくいものを、想像力がいかに等しなみに崇高化してきたことであろうか。そして、このような想像力の越権が、芸術家の表現行為と共犯関係を結ぶときに、そこに作品という一つの「物」の擬制が存在せしめられ、こうした多数の「物」の介在が、今度は逆に現実を歪め修正してきたのである。その結果は、人々はただ影にしか接触しないようになり、自分の肉体の痛みと敢て親しまないようになるであろう。

拳の一閃、竹刀の一打の彼方にひそんでいるものが、言語表現と対極にあることは、それこそは何かきわめて具体的なもののエッセンス、実在の精髄と感じられることからもわかった。それはいかなる意味でも影ではなかった。拳の彼方、竹刀の剣尖の彼方には、絶対に抽象化を拒否するところの、（ましてや抽象化による具象表現を全的に拒否するところの）、あらたかな実在がぬっと頭をもたげていた。

そこにこそ行動の精髄、力の精髄がひそんでいると思われたが、それというのも、その実在はごく簡単に「敵」と呼ばれていたからである。

敵と私とは同じ世界の住人であり、私が見るときには敵は見られ、敵が見るときには私が見られ、しかも何ら想像力の媒介に頼らずに対し合い、相互に行動と力の世界、すなわち「見られる」世界に属していた。敵はいかなる意味でも観念(イデア)ではなかった。何故なら、イデアへ到達するためにわれわれは一歩一歩言語表現の階梯(かいてい)を昇りつめ、ひたすらイデアを見つめることによって、光明に盲(めし)いるまでにいたるであろうが、イデアは決してわれわれを見返すことがない。われわれが見る一瞬毎につねに見返されている世界では、言語表現の暇は与えられることがない。表現者はその世界の外に位置しなければならない。そうすればその世界全体は、表現者を見返すことがないから、表現者は、見、かつ、言語を以てゆっくり表現する暇を与えられる。しかし彼は、「見返す実在」の本質には決して到達することができないのである。

　拳の一閃、竹刀の一打のさきの、何もない空間にひそんで、じっとこちらを見返すところの、敵こそは「物」の本質なのであった。イデアは決して見返すことがなく、物は見返す。言語表現の彼方には、獲得された擬制の物（作品）を透かしてイデアが揺曳(ようえい)し、行動の彼方には、獲得された擬制の空間（敵）を透かして物が揺曳する筈だ。そしてその物とは、行動家にとって、想像力の媒介なしに接近を迫られるところの死の姿であり、いわば闘牛士にとっての黒い牡牛なのだ。

　それにしても、私は意識の極限にそれが現われるのでなくては、容易に信じることができず、意識の肉体的保障としては、受苦しかないこともおぼろげに感じ取っていた。苦痛の裡（うち）にはたしかに或る光輝があり、それは力のうちにひそむ光輝と、深い類縁を持っていた。

あらゆる行動の技術が、修練の反復によって無意識界を染めなしたあとでなくては、何ら効力を発揮しないということは、誰しも経験することであるが、私の興味の持ち方は、これとは多少ちがっていた。すなわち一方では、肉体＝力＝行動の線上に、私の意識の純粋実験の意欲が賭けられており、一方では、染めなされた無意識の反射作用によって肉体が最高度の技倆を発揮する瞬間に、私の肉体の純粋実験の情熱が賭けられており、この相反する二つの賭の合致する一点、つまり意識の絶対値と肉体の絶対値とがぴったりとつながり合う接合点のみが、私にとって真に魅惑的なものだったからである。

もともと、麻薬やアルコホルによる意識の混迷は、私の欲するところではなかった。意識が明晰なままで究極まで追究され、どこの知られざる一点で、それが無意識の力に転化するかということにしか、私の興味はなかった。それなら、意識を最後までつなぎとめる確実な証人として、苦痛以上のものがあるだろうか。たしかに意識と肉体的苦痛の間には相互的な関係があり、肉体的苦痛を最後までつなぎとめる確実な証人としても亦、意識以上のものはないのである。
苦痛とは、ともすると肉体における意識の唯一の保証であり、意識の唯一の肉体的表現であるかもしれなかった。筋肉が具わり、力が具わるにつれて、私の裡には、徐々に、積極的な受苦の傾向が芽生え、肉体的苦痛に対する関心が深まって来ていた。しかしどうかこれを、想像力の作用だと考えないでもらいたい。私はそれを肉体を以て直に、太陽と鉄から学んだのである。

グローヴにしろ竹刀にしろ、その打撃の瞬間は、敵の肉体に対する直接の攻撃というよりも、正確な打撃であればあるほど、カウンター・ブロウのように感じられることは、多くの人の体験するところであろう。自分の打撃、自分の力によって、空間に一つの凹みが生ずる。そのとき敵の肉体が、正確にその空間の凹みを充たし、正にその凹みそっくりの形態をとるときに、打撃は成功したのだ。

では、なぜそのように感じられ、なぜその打撃が成功するのか。それは打撃の機会が時間的にも空間的にも正当に選ばれたからであるが、その選択、その判断は、敵が瞬時に見せる隙をとらえることから起り、その隙が見えてくるにいたる直前に、その隙を直観していたからである。その直観は自分に知られない或るもので、永い修練過程に会得されたものである。見えてからでは遅いのだ。つまりあの剣尖(けんせん)の先にある空間にひそむ何ものかが、一つの形態をとってからでは遅いのだ。そしてそれが形態をとった瞬間には、すでにこちらの指定し創造した空間の凹みに、ぴったりはまり込んでいなければならないのだ。これこそは格技における勝利の刹那(せつな)である。

筋肉の創造の過程における、あの力が形態を作り出し、かつ、形態が力を作り出すのろい経緯は、戦いのさなかには、目にも見えぬ迅速なスピードで繰り返されていた。光りにも似た力の放射は、形を崩壊させ、又、形を作り出しつつ継起していた。私は正しい美しい形態が、醜い不正確な形態を打ち負かすのを見た。形態の歪みには必ず隙があり、そこから放射される力の光線は乱れていた。

敵手が敗れるときに、敵手は私の指定した空間の凹みに自分の形態を順応させることによって敗れるのだが、そのとき私の形態は正しく美しく持続していなければならない。そして形態自体が極度の可変性を秘めた、柔軟無比、ほとんど流動体が一瞬にえがく彫刻のようなものでなければならない。流動している水の持続が噴水の形を保つように、力の光りの持続が一つの像を描くのでなければならない。

かくて、あれほど永い時間をかけた太陽と鉄の練磨は、このような流動性の彫刻を造る作業であり、そうしてできた肉体が厳密に生に属している以上、一瞬一瞬の光輝だけに、そのすべての価値がかかっている筈であった。だからこそ人体彫刻は、不朽の大理石を以て、一瞬間の肉体の精華を記念するのだ。

従って死は、そのすぐ向うに、その一瞬につづく次の一瞬にひしめいていた。

英雄主義の内面的理解の緒(いとぐち)を、私はたしかにつかみつつあると感じていた。あらゆる英雄主義を滑稽なものとみなすシニシズムには、必ず肉体的劣等感の影がある。英雄に対する嘲笑は、肉体的に自分が英雄たるにふさわしくないと考える男の口から出るに決っている。そのような場合、普遍的一般的に見せかけた論理を操る言語表現が、筆者の肉体的特徴を現わさないことは、(少くとも世間一般からは、現わさないと考えられていることは)、何という不正直なことであろう。私はかつて、彼自身も英雄と呼ばれておかしくない肉体的資格を持った男の口から、英雄主義に対する嘲笑がひびくのをきいたことがない。シニシズムは必ず、薄弱な筋肉か過剰な脂肪に関係があり、英雄主義と強大なニヒリズムは、鍛えられた筋肉と関係があるのだ。なぜなら英雄主義とは、畢竟(ひっきょう)するに、肉体の原理であり、又、肉体の強壮と死の破壊とのコントラストに帰するからであった。

自意識が発見する滑稽さを粉砕するには、肉体の説得力があれば十分なのだ。

すぐれた肉体には悲壮なものはあるが、みじんも滑稽なものはないからである。しかし肉体を終局的に滑稽さから救うものこそ、健全強壮な肉体における死の要素であり、肉体の気品はそれによって支えられねばならなかった。闘牛士のあの華美な、優雅な衣裳は、もしその職業が死と一切関わりがないものであったら、どんなに滑稽に見えることであろう。

だが、肉体を用いて究極感覚を追求しようとするときに勝利の瞬間はつねに感覚的に浅薄なものでしかなかった。敵とは、「見返す実在」とは、究極的には死に他ならない。誰も死に打ち克つことができないとすれば、勝利の栄光とは、純現世的な栄光の極致にすぎない。そのような純現世的な栄光ならば、われわれは言語芸術の力を以てしても、多少類似のものを獲得できないわけではない。

しかし、すぐれた彫刻、たとえばデルフォイの青銅馭者像(ぎょしゃ)のように、勝利の瞬間の栄光と矜り(ほこ)と含羞とを、如実に不朽化した作品にあらわれているものは、その勝利者の像のすぐ向う側に、ひたひたと押し寄せている死の姿である。それは同時に、彫刻芸術の空間性の限界を象徴的に提示して、人生の最高の栄光の向う側には衰退しかないことを暗示している。彫刻家は、不遜にも、生の最高の瞬間をしか捕えようとしなかった。

肉体における厳粛さと気品が、その内包する死の要素にしかないとすれば、そこにいたる間道は、苦痛の裡、受苦の裡、生の確証としての意識の持続の裡に、こっそりと通じている筈だった。そして激烈な死苦と隆々たる筋肉とは、もしこの二つが巧みに結合される事件が起れば、宿命というものの美学的要請にもとづいて起るとしか思われなかった。尤も、宿命というものが、めったに美学的要請に耳を貸さないことはよく知られている。

少年時代の私といえども、各種の肉体的苦痛を知らぬではなかったが、それは少年の混乱した頭脳と過敏な感受性によって、精神的苦痛とごちゃまぜにされていた。三八式の銃を担って、強羅から仙石原、さらに乙女峠をこえて富士の裾野にいたる行軍は、たしかに中学生にとって辛い苦行であったが、私はこの受苦のうちに、ひたすら受身の精神的苦痛のみを見出していた。私には進んで苦痛を求め、進んで苦痛を身に引受けようとする肉体的な勇気が欠けていた。

勇気の証明としての受苦は、遠い原始的な成年儀式の主題であるが、あらゆる成年式は又、死と復活の儀礼であった。勇気、なかんずく肉体的勇気というものの中に、意識と肉体との深い相剋が隠れていることを、人々はもう忘れている。意識は一見受身のように思われ、行動する肉体こそ「果敢」の本質のように見えるのだが、肉体的勇気のドラマに於ては、この役割は実は逆になる。肉体は自己防衛の機能へひたすら退行し、明晰な意識のみが、肉体を飛び翔たせる自己放棄の決断を司る。その意識の明晰さの極限が、自己放棄のもっとも強い動因をなすのである。

苦痛を引受けるのは、つねに肉体的勇気の役割であり、いわば肉体的勇気とは、死を理解して味わおうとする嗜慾の源であり、それこそ死への認識能力の第一条件なのであった。書斎の哲学者が、いかに死を思いめぐらしても、死の認識能力の前提をなす肉体的勇気と縁がなければ、ついにその本質の片鱗をもつかむことがないだろう。断わっておくが、私は「肉体的」勇気のことを言っているのであり、いわゆる知識人の良心だの、知識人の勇気などと称するものは、私の関知するところではない。

それにしても私は、竹刀がもはや剣の直接的象徴ではないような時代に生きており、居合抜の真剣は、ただ空間を斬るにすぎなかった。剣道にはあらゆる男らしさの美が凝集していたが、その男らしさがもはや社会的に無用の性質のものである点では、ただ想像力に依拠している芸術と大差がなかった。私はその想像力を憎んだ。私にとって剣道とは、一切想像力の媒介を許さぬものでなければならなかった。

夢想家ほど、その夢想の過程をなすところの想像力を憎む人間はいないことを、よく知っている皮肉屋たちは、ひそかに私の告白を嗤うだろうと思う。

しかし私の夢想はいつか私の筋肉になったのだ。そこに出来上り、そこに存在している筋肉は、他人の想像力ならいくらでも許すだろうが、もはや私自身の想像力の容喙を許さなかった。私は見られる人間たちの世界を急速に知るにいたった。

他人の想像力の餌食になり、自分が一切想像力を持たないことが筋肉の特質であるなら、私はそれを一歩進めて、自他共に想像力の余地を残さぬような純粋行為を、剣道のうちに求めていた。その望みは果されたと思われる時もあり、思われぬ時もあった。しかしともあれ、それは戦い、疾走し、叫んでいる力だった。

行為における熱狂的な瞬間を、重い、暗い、いつも均質な、静的な筋肉群は、どのように知っていたであろうか。私は、いかなる精神的緊張のさなかにも、せせらぎのような流れを絶やさない、意識の清冽を愛していた。熱狂という赤銅が、意識の銀にいつも裏打ちされていることは、私だけの知的な特性だと考えることはもはやできなかった。それが熱狂をして熱狂たらしめる真の理由なのだ。

なぜなら私は、静的によく構成され押し黙っている力強い筋肉こそ、私の意識の明晰さの根源であることを信じはじめていたからである。時たま防具外れの打撃が筋肉に与える痛みは、すぐさまその痛みを制圧するさらに強靭な意識を生み、切迫する呼吸の苦しさは、熱狂によるその克服を生み、……私はかくして、永いこと私に恵みを授けたあの太陽とはちがったもう一つの太陽、暗い激情の炎に充ちたもう一つの太陽、決して人の肌を灼かぬ代りに、さらに異様な輝やきを持つ、死の太陽を垣間見ることがあった。

そして知性にとっては、第一の太陽が危険であるよりもずっと、第二の太陽が本質的に危険なのであった。何よりもその危険が私を喜ばせた。

……さて、そのあいだ、私は言葉とどのようにして付合ってきたであろうか。すでに私は私の文体を私の筋肉にふさわしいものにしていたが、それによって文体は撓やかに自在になり、脂肪に類する装飾は剝ぎ取られ、筋肉的な装飾、すなわち現代文明の裡では無用であっても、威信と美観のためには依然として必要な、そういう装飾は丹念に維持されていた。私は単に機能的な文体というものを、単に感覚的な文体と同様に愛さなかった。

しかしそれは孤島であった。私の肉体が孤立しているのと等しく、私の文体も孤絶の堺にあった。受容する文体ではなく、ひたすら拒否する文体。私は何よりも格式を重んじ、（私自身の文体が必ずしもそうだというのではないが）、冬の日の武家屋敷の玄関の式台のような文体を好んだのである。

もちろんそれは日に日に時代の好尚から背いて行った。私の文体は対句（ついく）に富み、古風な堂々たる重味を備え、気品にも欠けていなかったが、どこまで行っても式典風な壮重な歩行を保ち、他人の寝室をもその同じ歩調で通り抜けた。私の文体はつねに軍人のように胸を張っていた。そして、背をかがめたり、身を斜めにしたり、膝を曲げたり、甚だしいのは腰を振ったりしている他人の文体を軽蔑した。

姿勢を崩さなければ見えない真実がこの世にはあることを、私とて知らぬではない。しかしそれは他人に委せておけばすむことだった。

私の中でひそかに芸術と生活、文体と行動倫理との統一が企てられはじめていた。筋肉や行動規範に文体が似ているならば、その機能は明らかに、想像力の放恣に対してこれを抑制することである。その結果見捨てられる真実などは物の数ではなかった。又その文体が混沌や曖昧さの恐怖と戦慄を逸したところで、私は意に介しなかった。私は真実のうちから一定の真実だけを採用することにし、網羅的な真実を志向することがなかった。敢て、弱々しい醜い真実は見捨て、想像力の惑溺が人に及ぼす病的な影響に対しては、精神の一種の外交辞令を以て相渉るように心がけた。しかしその影響を軽視したり等閑視したりするのは明らかに危険であった。建てつらねた文体の城壁の外側から、見えざる想像力の病的な伏勢は、いつ卑怯な夜襲を仕掛けてくるかわからなかった。私は夜を日についで、城壁の上で見張りに立った。果てしなくひろがる夜の広野に、一点、合図のように赤い火が燃え上ることがあった。私はそれを焚火だと思おうとした。果して、間もあらせず、その火は消えた。想像力とその黒幕の感受性に対抗する私の衛りの物具として文体があった。陸であれ、海であれ、海ならば二等航海士の徹宵のワッチの緊張が、私が自分の文体に求めたところのものであった。私は何よりも敗北を嫌った。自分が侵蝕され、感受性の胃液によって内側から焼けただれ、ついには輪郭を失い、融け、液化してしまうこと、又自分をめぐる時代と社会とがそうなってしまうこと、それに文体を合せてゆくほどの敗北があるだろうか。

　芸術作品というものは、皮肉なことに、そのような敗北と、精神の死の只中から、傑作を成就することがあるのはよく知られている。一歩しりぞいて、この種の傑作を芸術の勝利とみとめるにしても、それは戦いなき勝利であり、芸術独特の不戦勝なのであった。私が求めるのは、勝つにせよ、負けるにせよ、戦いそのものであり、戦わずして敗れることも、ましてや、戦わずして勝つことも、私の意中にはなかった。一方では、私は、あらゆる戦いというものの、芸術における虚偽の性質を知悉していた。もしどうしても私が戦いを欲するなら、芸術においては砦を防衛し、芸術外において攻撃に出なければならぬ。芸術においてはよき守備兵であり、芸術外においてはよき戦士でなければならぬ。私の生活の目標は、戦士としてのくさぐさの資格を取得することに向けられた。

　私はかつて、戦後のあらゆる価値の顚倒した時代に、このような時こそ「文武両道」という古い徳目が復活するべきだと、自分も思い、人にも語ったことがある。それからしばらくの間、この徳目への関心は私から去っていた。徐々に、太陽と鉄から、（ただ、言葉を以て肉体をなぞるだけではなく）、肉体を以て言葉をなぞるという秘法を会得しはじめるにつれ、私の内部で両極性は均衡を保ち、直流電流は交流電流に席を譲るようになった。私のメカニズムは、直流発電機から交流発電機に成り変った。そして決して相容れぬもの、逆方向に交互に流れるものを、自分の内に蔵して、一見ますます広く自分を分裂させるように見せかけながら、その実、たえず破壊されつつ再びよみがえる活々とした均衡を、一瞬一瞬に作り上げる機構を考案したのである。この対極性の自己への包摂、つねに相拮抗する矛盾と衝突を自分のうちに用意すること、それこそ私の「文武両道」なのであった。

　文学の反対原理への昔からの関心が、こうして私にとっては、はじめて稔(みの)りあるものになったように思われた。死に対する燃えるような希求が、決して厭世や無気力と結びつかずに、却って充溢した力や生の絶頂の花々しさや戦いの意志と結びつくところに「武」の原理があるとすれば、これほど文学の原理に反するものは又とあるまい。「文」の原理とは、死は抑圧されつつ私(ひそ)かに動力として利用され、力はひたすら虚妄の構築に捧げられ、生はつねに保留され、ストックされ、死と適度にまぜ合わされ、防腐剤を施され、不気味な永生を保つ芸術作品の制作に費やされることであった。むしろこう言ったらよかろう。「武」とは花と散ることであり、「文」とは不朽の花を育てることだ、と。そして不朽の花とはすなわち造花である。

　かくて「文武両道」とは、散る花と散らぬ花とを兼ねることであり、人間性の最も相反する二つの欲求、およびその欲求の実現の二つの夢を、一身に兼ねることであった。そこで何が起るか？　一方が実体であれば他方は虚妄であらざるをえぬこの二つのもの、その双方の本質に通暁し、その源泉を知悉し、その秘密に与るとは、一方の他方に対する究極的な夢をひそかに破壊することなのだ。すなわち、「武」が自らを実体とし、「文」を虚妄と考えるときに、自らの実体の最終的な証明の権限を虚妄の手に委ね、虚妄を利用しようとしつつそこに夢を託し、かくて叙事詩が書かれたのであった。一方、「文」が自らを実体とし、「武」を虚妄と考えるときに、自らの最終的な仮構世界の絶頂に、ふたたびその虚妄を夢み、自分の死がもはや虚妄に支えられていないことに、自分の仕事の実体のあとには、すぐ実体としての死が接していることに気づかねばならなかった。それは、ついに生きることのなかった人間を訪れる怖ろしい死であるが、彼はそのような死ではない死が、あの虚妄としての「武」の世界には存在することを、究極的に夢みることはできるのである。

この究極的な夢の破壊とは、「武」の夢みる虚妄の花はついに造花にすぎぬという秘密を知りつつ、一方、「文」の夢みる虚妄に支えられた死も何ら特別の恩寵的な死ではないという秘密を知ることである。すなわち、「文武両道」にはあらゆる夢の救済が絶たれており、本来決して明かし合ってはならない一双の秘密が、お互いに相手の正体を見破っている。死の原理の最終的な破綻と、生の原理の最終的な破綻とを、一身に擁して自若としていなければならぬ。

人はこのような理念を生きることができるだろうか？　しかし幸いにして、「文武両道」はその絶対的な形態をとることがきわめて稀であり、よし実現されても、一瞬にして終るような理念なのである。何故なら、この相犯し合う最終的な一対の秘密は、たとい不安(ゾルゲ)の形でたえず意識され予感されても、死にいたるまで証明の機会を得ないからである。「文武両道」的人間は、死の瞬間、正にその「文武両道」の無救済の理想が実現されようとする瞬間に、その理想をどちらの側からか裏切るであろう。彼をその理想の仮借ない認識に縛っていたのは、生そのものの力であったのだから、死が目前に来たとき、彼はその認識を裏切るだろう。さもなくては、彼は死に耐えることができないからである。

生きているあいだは、しかしわれわれは、どのような認識とも戯れることができる。それはスポーツにおける刻々の死と、それからのよみがえりの爽やかさが証明している。たえず破滅に瀕しつつ得られる均衡こそが、認識上の勝利なのだ。

私の認識はいつも欠伸(あくび)をしていたから、よほど困難な、ほとんど不可能な命題に対してしか、興味を示さぬようになっていた。というよりもむしろ、認識が認識自体を危うくするような危険なゲームにしか惹かれなくなったのである。そしてそのあとの爽快なシャワーにしか。

かつて私は、胸囲一メートル以上の男は、彼を取り巻く外界について、どういう感じ方をするものかということに、一つの認識の標的を宛てていた。それは認識にとって明らかに手にあまる課題であった。なぜなら、認識は多く感覚と直観を手蔓にして闇へ分け入るものであるのに、この場合はその手蔓が根こそぎ奪われており、認識の主体はこちらにあり、包括的な存在感覚の主体は向うへ譲り渡されているからである。

考えてもみるがいい。胸囲一メートルの男の存在感覚とは、それ自体、世界包括的なものでなければならず、認識の対象としてのその男にとっては、彼以外のすべてが（私をも含めて）、彼の感覚的外界の客体に変貌している必要があり、そういう条件下で、さらに包括的な認識を逆流させるのでなくては、その正確な像は把握されない筈だ。それはいわば、外国人の存在感覚はどんなものかを認識しようとするのに似ており、この場合、われわれは、人類とか、普遍的な人間性とかの、さらに包括的な抽象的な概念を援用して、その仮説的な尺度で測定するほかはない。しかしそれはついに厳密な認識ではなく、究極的な不可知の要素はそのままにしておいて、他の共通の要素から類推するやり方にすぎず、問題は外らされ、「本当に知りたいこと」は留保されている。さもなければ想像力がしゃしゃり出て、さまざまな詩や幻想で相手を飾ることになるであろう。

——しかし、突然、あらゆる幻想は消えた。退屈している認識は不可解なもののみを追い求め、のちに、突然、その不可解は瓦解し、……胸囲一メートル以上の男は私だったのである。

かつて向う岸にいたと思われた人々は、もはや私と同じ岸にいるようになった。すでに謎はなく、謎は死だけにあった。そしてこのような謎のない状態は決して認識の勝利ではなかったから、私の認識の矜りはひどく傷つけられ、ふてくされた認識は再び欠伸をはじめ、あれほどまでに憎んでいた想像力に、再び身を売ることをはじめるのであった。そして永遠に想像力に属する唯一のものこそ、すなわち死であった。

しかし、どうちがうのか？　夜襲を仕掛けてくる病的な想像力、あの官能的な、放恣な感覚的惑溺をもたらす想像力の淵源が、すべて死にあるとすれば、栄光ある死とその死とはどうちがうのか？　浪曼的な死と、頽廃的な死とはどうちがうのか？　文武両道の苛酷な無救済は、それらが畢竟同じものだと教えるであろう。そして、文学上の倫理も、行動の倫理も、死と忘却に抗うためのはかない努力にすぎぬと教えるであろう。

違いがあるとすれば、それは、死を「見られるもの」とする名誉の観念の有無と、これにもとづく死の形式上の美的形象、すなわち死にゆく状況の悲劇性、死にゆく肉体の美の有無に帰着するであろう。人はかくて、出生において天から享ける不平等や甚だしい運不運の隔たりと等しいだけの、不平等や運不運を、「美しい死」について運命づけられている。ただ、出生に於ても死に於ても、ひたすら美しく生き美しく死ぬことを願った古代ギリシア人のような希求を、現代人のほとんどが持たないことによって、この不平等はぼかされているのである。

男はなぜ、壮烈な死によってだけ美と関わるのであろうか。日常性に於ては、男は決して美に関わらないように注意深く社会的な監視が行われており、男の肉体美はただそれだけでは、無媒介の客体化と見做されて賤しまれ、いつも見られる存在である男の俳優という職業は、決して真の尊敬を獲得するにいたらない。男性には次のような、美の厳密な法則が課せられている。すなわち、男とは、ふだんは自己の客体化を絶対に容認しないものであって、最高の行動を通してのみ客体化され得るが、それはおそらく死の瞬間であり、実際に見られなくても「見られる」擬制が許され、客体としての美が許されるのは、この瞬間だけなのである。特攻隊の美とはかくの如きものであり、それは精神的にのみならず、男性一般から、超エロティックに美と認められる。しかもこの場合の媒体をなすものは、常人の企て及ばぬ壮烈な英雄的行動なのであり、従ってそこには無媒介の客体化は成り立たない。このような、美を媒介する最高の行動の瞬間に対して、言葉はいかに近接しても、飛行物体が永遠に光速に達しないように、単なる近似値にとどまるのである。

いや、今私が語ろうとしていることは、美についてではなかった。美について語ることは、問題を浸透的に語ることであり、私はそういう風に語ることを望んではおらず、もっと各種各様の観念を固い象牙の骰子(さい)のように排列し、そのおのおのの役割を限定しようとかかっていた筈なのである。

さて、私は想像力の淵源が死にあることを発見した。日夜、想像力の侵寇(しんこう)をおそれて備えを固める必要もさることながら、私がその想像力、少年時代このかた私をたえず苦しめてきた想像力を逆用して、それを転化し、逆襲の武器に使おうと考えはじめたことは自然であろう。しかし、芸術上の仕事では、私の文体がすでにいたるところに砦を築いて、その想像力の侵寇を食い止めていたから、もし私がそのような逆襲を企てるとすれば、芸術外の領域でなければならなかった。それこそは私が、「武」の観念に親しみはじめた端緒だった。

私はかつて、窓に倚(よ)りつつ、たえず彼方から群がり寄せる椿事(ちんじ)を期待する少年であった。自分の力で世界を変えることは叶わぬながら、世界が向うから変ってくることを願わずにはいられず、世界の変貌は少年の不安にとって緊急の必要事であり、日々の糧(かて)であり、それなしには生きることのできぬ或るものだった。世界の変貌という観念こそ、少年の私には、眠りや三度三度の食事同様の必需品であり、この観念を母胎にして、私は想像力を養っていたのである。

その後、世界は変ったようでもあり、変らぬようでもあった。たとえ私の望むような形に変った世界も、変ったとたんにその豊醇な魅力を喪った。私の夢想の果てにあるものは、つねに極端な危機と破局であり、幸福を夢みたことは一度もなかった。私にもっともふさわしい日常生活は日々の世界破滅であり、私がもっとも生きにくく感じ、非日常的に感じるものこそ平和であった。

ただ、私にはこれに対処する肉体的な備えが欠けていた。抵抗する術(すべ)を知らぬ感受性をあらわに示し、ただ椿事を期待し、それが来たときには、戦うよりも受容しようと思っていたのである。

ずっとあとになって、私はこのもっともデカダンな少年の心理生活が、もし幸いにして力と戦いの意志の裏付けを得るならば、それがそのまま、武士の生活の恰好な類推（アナロジイ）を成立たせることに気づいた。それはふしぎな、めまいのするような発見だった。そのとき私は、そのような想像力の逆用の機会を、わが手に握っていたのである。

死が日常であり、又、そのことが自明であるような生活が、私にとって唯一の「自然な世界」であるならば、そしてその自然さが人工的な構築によってはついに得られず、却って甚だ非独創的な義務の観念によって容易に得られるならば、次第に私がこのような誘惑に牽（ひ）かれ、自分の想像力を義務に変えようと企てるほど、自然な成行はなかったにちがいない。死と危機と世界崩壊に対する日常的な想像力が、義務に転化する瞬間ほど、まばゆい瞬間はどこにもあるまい。そのためには、しかし、肉体と力と戦いの意志と戦いの技術が養われねばならず、その養成を、むかし想像力を養ったのと同じ手口でやればよかった。それというのも、想像力も剣も、死への親近が養う技術である点では同じだったからである。しかも、この二つのものは、共に鋭くなればなるほど、自分を滅ぼす方向へ向うような技術なのであった。

死と危機への想像力を磨くことが、剣を磨くことと同じ意味を持つことになる職務は、思えば、私をかねて遠くから呼んでいたのに、私が非力と臆病から、ことさら避けていたにすぎなかったのかもしれなかった。日々死を心に充(あ)て、ありうべき死に向って一瞬一瞬を収斂(しゅうれん)し、最悪の事態への想像力を栄光への想像力と同じ場所に置き、……それなら、私が久しく精神の世界で行って来たことを、肉体の世界へ移せば足りた。

このような乱暴な転化を受け入れるのに、肉体の世界でも、私は準備おさおさ怠りなく、いつでも受け入れられる態勢を整えていたことは、前にも述べたとおりである。すべてが回収可能だという理論が私の裡に生れていた。時と共に刻々と成長し、又、刻々と衰えるところの、「時」に閉じ込められた囚人である筈の肉体でさえ、回収可能であることが証明されたのだから、「時」そのものでさえ回収可能だという考えが生じてもふしぎはない。

私にとって、時が回収可能だということは、直ちに、かつて遂げられなかった美しい死が可能になったということを意味していた。あまつさえ私はこの十年間に、力を学び、受苦を学び、戦いを学び、克己を学び、それらすべてを喜びを以て受け入れる勇気を学んでいた。

私は戦士としての能力を夢みはじめていたのである。

……何の言葉も要らない幸福について語るのは、かなり危険なことである。ただ、私が幸福と呼んでいるものを招来するには、きわめて厄介な諸条件が充たされ、きわめて複雑な手続が辿られる必要があることは、叙上のところから容易に察せられるだろうと思う。

私がその後送った一ヶ月半の短かい軍隊生活は、さまざまな幸福のきらめく断片をもたらしたが、中でも、もっとも無意味に見え、もっとも非軍隊的に見える瞬間に味わった、忘れがたい万全の幸福感については、どうしても書いておかねばならぬと思う。軍隊という集団の中にありながら、この至上の幸福感は、今まで私の人生においていつもそうであったように、たった一人でいるときの私を襲ったのだった。

それは五月二十五日の美しい初夏の夕方であった。私は落下傘部隊の隊付をしており、その日の訓練がおわったのち、一人で風呂へ行って宿舎へかえる途上にあった。

夕空は青と桃色に染められ、一面の芝草は翡翠(ひすい)にかがやいていた。私のゆく径のまわりには、旧騎兵学校当時のままの古びた雄々しい木造のノスタルジックな建物が散在していた。今は体操場になっている覆馬場(おおいばば)、今はPXになっている厩舎など。

私は体育の服装のまま、今日おろしたばかりの白木綿の長いトレイニング・パンツに、運動靴に、ランニング・シャツの姿だった。そのパンツの裾のほうが、すでに乾いた土に汚れているのさえ、私の幸福の感覚に寄与していた。

今朝の落下傘の操縦訓練は、入浴後も腕に軽い痛みを残し、それにつづく地上十一米(メートル)の跳出し塔の訓練は、はじめて味わう、空中へ身を投げ出したあのきわめて稀薄な感覚、オブラートのように破れやすく透明な感覚の残滓をなお体内に残していた。それにつづくサーキット・トレイニングや駈足の、深い迅速な息づかいは、甘い倦(だる)さになって全身にゆきわたっていた。銃やあらゆる武器は身近にあった。私の肩にはいつでも銃架になるための備えがあった。今日、私は青い草の上を存分に駈け、体軀は黄金(こがね)に灼(や)け、又、夏の光りの下で、眼下十一米の地上の人の影が、その人たちの足もとに鮮明に固く結びつけられているのを見た。次の瞬間にそこへ落す私の影が、私の体と結びつかずに、地上に黒い水たまりのように孤立することを予見しながら、私は銀いろの塔の頂きから、空中へ身を躍らしたのだった。そのとき明らかに、私は、私の影、私の自意識から解き放たれていた。

私の一日は能うかぎり肉体と行動に占められていた。スリルがあり、力があり、汗があり、筋肉があり、夏の青草が充ちあふれ、土の径を微風が埃を走らせ、徐々に日ざしは斜めになって、私はトレイニング・パンツと運動靴で、そこをごく自然に歩いていた。これこそは私の望んだ生活だった。夏の夕方の体育の美しさに思うさま身を浸したのち、古い校舎と植込みの間をゆく、孤独な、荒くれた、体操教師の一刻はこのとき確実に私のものになった。

そこには何か、精神の絶対の閑暇があり、肉の至上の浄福があった。夏と、白い雲と、課業終了のあとの空の、何事かが終ったうつろな青と、木々の木洩れ日の輝きににじんでくる憂愁の色と、そのすべてにふさわしいと感じることの幸福が陶酔を誘った。私は正に存在していた！

この存在の手続の複雑さよ。そこでは多くの私にとってフェティッシュな観念が、何ら言葉を介さずに、私の肉体と感覚にじかに結びついていたのである。軍隊、体育、夏、雲、夕日、夏草の緑、白い体操着、土埃、汗、筋肉、そしてごく微量の死の匂いまでが。そこに欠けているものは何一つなく、この嵌絵(はめえ)に欠けた木片は一つもなかった。私は全く他人を、従って言葉を必要としていなかった。この世界は、天使的な観念の純粋要素で組み立てられ、夾雑物は一時彼方へ追いやられ、夏のほてった肌が水浴の水に感じるような、世界と融け合った無辺際のよろこびに溢れていた。

……私が幸福と呼ぶところのものは、もしかしたら、人が危機と呼ぶところのものと同じ地点にあるのかもしれない。言葉を介さずに私が融合し、そのことによって私が幸福を感じる世界とは、とりもなおさず、悲劇的世界であったからである。もちろんその瞬間にはまだ悲劇は成就されず、あらゆる悲劇的因子を孕(はら)み、破滅を内包し、確実に「未来」を欠いた世界。そこに住む資格を完全に取得したという喜びが、明らかに私の幸福の根拠だった。そのパスポートを言葉によってではなく、ただひたすら肉体的教養によって得たと感じることが、私の矜りの根拠だった。そこでだけ私がのびやかに呼吸(いき)をすることのできる世界、完全に日常性を欠き、完全に未来を欠いた世界、それこそあの戦争がおわった時以来、たえず私が灼きつくような焦躁を以て追い求めていたものであったが、言葉は決して私にこれを与えなかったのみか、むしろそこから遠ざかるように遠ざかるようにと私を鞭打った。なぜなら、どんな破滅的な言語表現も、芸術家の「日々の(ターゲ・)仕事(ヴェルク)」に属していたからである。

何という皮肉であろう。そもそものような、明日というもののない、大破局の熱い牛乳の皮がなみなみと湛(たた)えられた茶碗の縁を覆うていたあの時代には、私はその牛乳を呑み干す資格を与えられていず、その後の永い練磨によって、私が完全な資格を取得して還って来たときには、すでに牛乳は誰かに呑み干されたあとであり、冷えた茶碗は底をあらわし、私はすでに四十歳を超えていたのだった。そして困ったことに、私の渇を癒やすことのできるものは、誰かがすでに呑んでしまったその熱い牛乳だけなのだ。

私が夢みたようにすべてが回収可能なのではなかった。時はやはり回収不能であるが、しかし思えば、時の本質をなす非可逆性に反抗しようという私の生き方は、あらゆる背理を犯して生きようとしはじめた戦後の私の、もっとも典型的な態度ではなかったろうか。もし、信じられているように、時が本当に非可逆的であるなら、私が今ここにこうして生きているということがありえようか。私は十分にそう反問するだけの理由を自分の裡に持っていた。

私は自分の存在の条件を一切認めず、別の存在の手続を自分に課したのだった。そもそも、私の存在を保障している言葉というものが、私の存在の条件を規制している以上、「別の存在の手続」とは、言葉の喚起し放射する影像の側へ進んで身を投げ出すことであり、言葉によって創る者から、言葉によって創られる者へ移行することであり、巧妙細緻な手続によって、一瞬の存在の影像を確保することに他ならなかった。短い軍隊生活の、孤独の選ばれた一瞬にだけ、私が存在しえたのは、まことに理に叶っていた。私の幸福感の根拠は、明らかに、かつての腐朽した遠い言葉の投げかけた影が結んだ像に、一瞬たりとも、自分が化身したところにあった。しかしもはやそれを保障するものは言葉ではない。言葉による存在の保障を拒絶したところに生れたそのような存在は、別のもので保障されなければならぬ。それこそは筋肉だったのである。

強烈な幸福感をもたらす存在感は、いうまでもなく次の一瞬には瓦解したが、筋肉だけはあらたかに瓦解を免かれていた。困ったことに、筋肉が瓦解を免かれていることを認識するには、ただの存在感覚だけでは足りず、自分の筋肉を自分の目でしかと見なければならなかったが、厳密に言って、「見ること」と「存在すること」とは背反する。

自意識と存在との間の微妙な背理が私を悩ましはじめた。
すなわちこうである。見ることと存在することとを同一化しようとすれば、自意識の性格をなるたけ求心的なものにすることが有利である。自意識の目をひたすら内面と自我へ向けさせ、自意識をして、存在の形を忘れさせてしまえば、人はアミエルの日記の「私」のように、しかと存在することができる。しかし、いわばそれは、芯が外から丸見えになった透明な林檎のような奇怪な存在であり、その場合の存在の保証をなすものはただ言葉だけである。模範的な、孤独の、人間的な文学者。

だが、世には、ひたすら存在の形にかかわる自意識というものもあるのだ。この種の自意識にとって、見ることと存在することとの背反は決定的になる。なぜならそれは、ふつうの赤い不透明の果皮におおわれた林檎の外側を、いかにして林檎の芯が見得るかという問題であり、又一方、そのような紅いつややかな林檎を外側から見る目が、いかにしてそのまま林檎の中へもぐり込んで、その芯となり得るかという問題である。そしてこのほうの林檎は、見たところ、あくまで健やかな紅に彩られた常凡の林檎存在でなければならないのだ。

林檎の比喩をつづけよう。ここに一個の健やかな林檎が存在している。この林檎が言葉によって存在しはじめたものでなければ、あのアミエルの奇怪な林檎のように芯が外から丸見えということはありえない。林檎の内側は全く見えない筈だ。そこで林檎の中心で、果肉に閉じこめられた芯は、蒼白な闇に盲い、身を慄わせて焦躁し、自分がまっとうな林檎であることを何とかわが目で確かめたいと望んでいる。林檎はたしかに存在している筈であるが、芯にとっては、まだその存在は不十分に思われ、言葉がそれを保証しないならば、目が保証する他はないと思っている。事実、芯にとって確実な存在様態とは、存在し、且、見ることなのだ。しかしこの矛盾を解決する方法は一つしかない。外からナイフが深く入れられて、林檎が割かれ、芯が光りの中に、すなわち半分に切られてころがった林檎の赤い表皮と同等に享ける光りの中に、さらされることなのだ。そのとき、果して、林檎は一個の林檎として存在しつづけることができるだろうか。すでに切られた林檎の存在は断片に堕し、林檎の芯は、見るために存在を犠牲に供したのである。

一瞬後には瓦解するあのような完璧な存在感が、言葉を以てではなく、筋肉を以てしか保証されないことを私が知ったとき、私はもはや林檎の運命を身に負うていた。なるほど私の目は鏡の中に私の筋肉を見ることはできた。しかし見ることだけでは、私の存在感覚の根本に触れることはできず、あの幸福な存在感との間にはなお不可測の距離があった。いそいでその距離を埋めないことには、あの存在感を蘇らす望みは持てぬだろう。すなわち、筋肉に賭けられた私の自意識は、あたかも林檎の盲目の芯のように、ただ存在を保障するものが自分のまわりにひしめいている蒼白な果肉の闇であることだけには満足せず、いわれない焦躁にかられて、いずれ存在を破壊せずにはおかぬほどに、存在の確証に飢えていたのである。言葉なしに、ただ見るということの激烈な不安!

さて、自意識の目は、そもそも求心的に、言葉の媒体によって、不可視の自我を見張ることに馴れているので、筋肉のように可視のものには十分な信頼を寄せず、筋肉に向ってはこう呼びかけるに決っている。

「なるほどお前は仮象ではなさそうだな。それならその機能を見せてもらいたい。お前が活き、動き、本来の機能を発揮し、本来の目的を果たすところを見せてもらいたい」

かくて自意識の要請に従って、筋肉は動きはじめるが、その行動をたしかに存在させるためには、筋肉の外側にさらに仮想敵が必要とされ、仮想敵が存在を確実ならしめるためには、口やかましい自意識を黙らせるだけの苛烈な一撃を、こちらの感覚的領域へ加えて来なければならぬ。そのときまさに、要請された敵手のナイフは、林檎の果肉へ、いや、私の肉へ食い込んでくる。血が流され、存在が破壊され、その破壊される感覚によって、はじめて全的に存在が保証され、見ることと存在することとの背理の間隙が充たされるだろう。……それは死だ。

かくて私は、軍隊生活の或る夏の夕暮の一瞬の幸福な存在感が、正に、死によってしか最終的に保証されていないのを知った。

――もちろんこういうことはすべて予想されたことであり、このような別誂え(べつあつら)の存在の根本条件は、「絶対」と「悲劇」に他ならないこともわかっていた。私が私自身に、言葉の他の存在の手続を課したときから、死ははじまっていた。言葉はいかに破壊的な装いを凝らしても、私の生存本能と深い関わり合いがあり、私の生に属していたからだ。そもそも私が「生きたい」と望んだときに、はじめて私は、言葉を有効に使いだしたのではなかったか。私をして、自然死にいたるまで生きのびさせるものこそ正に言葉であり、それは「死にいたる病」の緩慢な病菌だったのである。

さて、私は前に、武士の持つイリュージョンと私との親近感、死と危機への想像力を磨くことが、剣を磨くことと同じことになる職務への共感について述べたが、それは肉体を媒体にして、私の精神世界のあらゆる比喩を可能にするものであった。そしてすべては予想に違わなかった。

さるにても、平時の軍隊に漂うあの厖大な徒労の印象は、私を圧倒した。もちろん日本の庶出の軍隊の、伝統や栄光から故意に遠ざけられた不幸な特質によるところが大きいとしても。

それはあたかも巨大な電池に充電して、やがてむなしく自家放電によって涸渇すると、又充電するという作業のくりかえしのようなもので、電力はいつまでも有効な用途に使われることがないのである。「来るべき戦争」という厖大な仮構へすべてが捧げられ、訓練計画は周到に編まれ、兵士たちは精励し、そして何事も起らぬ空無は日々進行し、きのう最上の状態にあった肉体は、今日かすかに衰退し、老いはつぎつぎと整理され、若さは小止みなく補給されていた。

私は今さらながら、言葉の真の効用を会得した。言葉が相手にするものこそ、この現在進行形の虚無なのである。いつ訪れるとも知れぬ「絶対」を待つ間の、いつ終るともしれぬ進行形の虚無こそ、言葉の真の画布なのである。それというのも、虚無を汚し、虚無を染めなし、京都の今なお清い川水で晒されている友禅染のように、二度と染め直せぬ華美な色彩と意匠で虚無をいろどる言葉は、そのようにして、虚無を一瞬一瞬完全に消費し、その瞬間瞬間に定着されて、言葉は終り、残るからだ。言葉は言われたときが終りであり、書かれたときが終りである。その終りの集積によって、生の連続感の一刻一刻の断絶によって、言葉は何ほどかの力を獲得する。少くとも、「絶対」の医者を待つ間(ま)の待合室の白い巨大な壁の、圧倒的な恐怖をいくらか軽減する。そしてその、虚無を一瞬毎に汚(よご)すことにより、生の連続感をたえず寸断せねばならぬのと引き代えに、少くとも、虚無を何らかの実質に翻訳するかの如き作用をするのである。

終らせる、という力が、よしそれも亦仮構にもせよ、言葉には明らかに備わっていた。死刑囚の書く長たらしい手記は、およそ人間の耐えることの限界を越えた永い待機の期間を、刻々、言葉の力で終らせようとする呪術(じゅじゅつ)なのだ。

われわれは「絶対」を待つ間(ま)の、つねに現在進行形の虚無に直面するときに、何を試みるかの選択の自由だけが残されている。いずれにせよ、われわれは準備せねばならぬ。この準備が向上と呼ばれるのは、多かれ少なかれ、人間の中には、やがて来べき未見の「絶対」の絵姿に、少しでも自分が似つかわしくなりたいという哀切な望みがひそんでいるからであろう。もっとも自然で公明な欲望は、自分の肉体も精神も、ひとしくその絶対の似姿に近づきたいとのぞむことであろう。

しかし、この企図は、必ず、全的に失敗するのだ。なぜなら、どんな劇烈な訓練を重ねても、肉体は必ず徐々に衰退へ向い、どんなに言葉による営為を積み重ねても、精神は「終り」を認識しないからである。言葉がなしくずしに終らせるので、すでに言葉によって生の連続感を失っている精神には、真の終りの見分けがつかないのである。

この企図の挫折と失敗を司るものこそ「時」であるが、ごく稀に「時」は恩寵（おんちょう）を垂れて、この企図を、挫折と失敗から救出することがある。それが夭折というものの神秘的な意味であり、ギリシア人はそれを神々に愛された者と呼んで羨んだのであった。

しかし私にはもはや、あの朝の若さ特有の顔、すなわち、昨日の疲労のどれほど深い澱（よど）みの底へ沈んだのちも、一夜明ければ、再び水面へ浮き上っていききと呼吸することのできる朝の顔は失われていた。そういう朝の顔、すなわちかがやかしい朝の光りの中へ自分の無意識の真実の顔をさらけ出すという粗野な習慣は、悲しいかな、多くの人の場合、いつまでも失われない。習慣は残り、顔は変ってゆく。そしていつのまにかその真実の顔が、思索と情念に荒れ果て、昨夜の疲労をなお鉄鎖の如く引きずった顔に変っているのに気づかず、又、そのような顔を太陽に向ってさらけ出す無礼に気づかない。このようにして人々は「男らしさ」を失うのである。

すなわち男らしい戦士の顔は、いつわりの顔でなければならず、自然な若さの晴朗を失ったのちは、一種の政治学でこれを作り出さねばならぬからだ。軍隊はこのことをよく教えていた。指揮官の朝の顔とは、人々に読みとられる顔、人々が毎日の行動の基準をそこに素速く発見する顔なのであり、自分の内心の疲労を包み隠し、どんな絶望の裡にあっても人を鼓舞するに足る楽天的な顔、個人的な悲しみをものともせず、昨夜見た悪夢をあざむき、ふるいおこした気力にあふれた、いつわりの顔であった。そしてそれのみが、生きすぎた男たちの、朝の太陽に対する礼節の顔なのであった。

この点で、若さをすぎた知識人たちの顔は私をぞっとさせた。何という醜悪。何という政治学の欠如！

自己をいかにあらわすか、ということよりも、いかに隠すか、という方法によって文学生活をはじめた私は、軍隊の持つ軍服の機能に、改めて感嘆せずにはいられなかった。言葉の隠れ蓑の最上のものは筋肉であり、肉体の隠れ蓑の最上のものは制服である。しかも軍服は、痩せ細った肉体や、腹のつき出た肉体には、どうしても似合わぬように仕立てられているのである。

軍服によって要約される個性ほど、単純明確なものはなかった。軍服を着た男は、それだけで、ただ単に、戦闘要員と見做されるのである。その男の性格や内心がどうあろうと、その男が夢想家であろうとニヒリストであろうと、寛大であろうと吝嗇(りんしょく)であろうと、制服の内側にいかほど深くおぞましい精神の空洞が穴をあけていようと、又、いかほど俗悪な野心に充ちていようと、ただ単に、戦闘要員と見做されるのである。その服はいずれ折あらば、銃弾で射貫かれる服であり、血で染められる服である。このことは、自己証明が必ず自己破壊にゆきつくところの、筋肉の特質にいかにも叶っていた。

……そうは云っても、私は決して軍人なのではなかった。軍人という職業が甚だ技術的なものであり、いかなる職業にもまして永い周到な教育期間を要し、しかも一旦修得したものを失わぬためには、あたかもピアニストがその繊細な技巧を失わぬために毎日の練習を必要とするように、いかに一刻も油断のない修練の累積を要するかは、私がよく見よく学んだところであった。

ごくつまらない任務も、はるか至上の栄誉から流れ出て、どこかで死につながっているということほど、軍隊を輝やかしいものにするものはあるまい。これに反して、文学者は自分の栄誉を、自分がすみずみまで知悉（ちしつ）している内部のがらくたから拾い出して、それを丹念に磨き出すことしか知らないのだ。

われわれは二種の呼び声を持つ。一つは内部からの呼び声である。一つは外部からの呼び声である。その外部からの呼び声とは「任務」に他ならない。もし任務に応ずる心が、内部からの声とみごとに照応していたら、それこそは至福というべきであろう。

四月とはいえ、冷雨瀟々（しょうしょう）たる或る午後のこと、私はその日に見学することになっていた無反動砲標定銃射撃が、雨天で中止になったときいて、ひとり宿舎にいた。富士の裾野の、冬を思わせる肌寒い一日で、こんな日には、都会のビルは昼からあかあかと灯して人々が仕事にはげみ、家々では灯下で主婦が編物をしたりテレヴィジョンを見ながら、ストーヴを蔵（しま）い込んだのは早すぎたかと思案したりしているにちがいない。しゃにむに人々を冷雨の中へ、傘もなしに引きずりだすような力は、ふつうの市民生活には欠けていた。

突然、ジープに乗って、一人の士官が私を迎えに来た。標定銃射撃は雨中強行されているというのである。

ジープは荒野の間の凹凸に充ちた道をひたすら走った。動揺は甚しかった。荒野には人影もなく、ジープは雨水が瀬をなして流れる斜面を上り、又下った。視野は閉ざされ、風は募り、草叢(くさむら)は伏していた。幌の隙間から冷雨は容赦なく私の頬を搏(う)った。

こういう日に、荒野から迎えの来たことが私を歓ばせていた。それは非常の任務であり、遠くから呼んでいる旺(さか)んな呼び声だった。雨に煙る広漠たる荒野から、私を呼んでいる声に応じて、暖かい塒(ねぐら)を離れて、急ぎに急いでいるというこの感じは、ずっと久しく私の味わったことのない狼の感情であった。

何かが、剝ぎ取るように、私を促して、煖炉のかたわらから私を拉し去る。そこに不本意やためらいがなくて、世界の果てから来た迎え（多くはそれは死や快楽や本能とつながっている）に喜び勇んで、私が出発するとき、瞬時に、あらゆる安逸と日常性は見捨てられる。何かそのような瞬間を、はるかむかし、たしかに一度私は味わったことがあるのだ。

ただ、むかし私へ来た外部の呼び声は、内部の呼び声と正確に照応してはいなかった。それは私が外部の呼び声を肉体で受けとめることができず、辛うじて言葉で受けとめていたからだと思う。それがあの煩瑣な観念の網目でからめとられるときに生ずる甘い苦痛は、私にはたしかに馴染があったが、もし肉体を堺にして、二種の呼び声が相応ずるときには、どんな根源的な喜びが生れるかという消息については、かつての私は無知だった。

やがて鋭い笛のような銃声が轟いてきて、私は雨の彼方に煙る標的へ向って、何度も誤差を修正しながら放たれる標定銃の、鮮やかな蜜柑いろの曳光弾を目にとめた。それから一時間、私は雨に打たれたまま、泥濘の中に腰を下ろしていた。

……私は又別の記憶に遡る。

それは十二月十四日のしらしら明けに、国立競技場のアンツーカーの大トラックを、一人で走っていたときのことである。実際こんな所業は、仮構の任務ですらなくて、酔興とでもいうほかはなかったが、このときほど私が自ら「贅を尽した」と感じたことはなく、このときほど黎明を独占したと感じたこともない。

それは摂氏零度の夜明けであった。国立競技場は一輪の巨大な百合であり、人っ子一人いない広大なオーディトリアムは、巨きな、ひらきすぎた、そして沢山の斑点のある、灰白色の百合の花弁だった。

私はランニング・シャツとパンツだけで走っていたので、朝風は骨をゆるがし、手は何も感じないようになった。東側の観覧席の前の薄明をとおるときには、ことのほか寒さが加わるが、すでに旭が射し入っている西側は凌（しの）ぎ易かった。私は四百メートルのトラックを四周し、五周しつつあった。

観覧席の上辺に顔をのぞけている旭は、その灰白色の花弁の縁（へり）になお遮られており、空には不本意な夜明けの紫紺がうっすらと残っていた。競技場の東辺には、なごりの冷たい夜風がすさんでいた。

駈けながら、私は鼻を刺す冷気と共に、大競技場の黎明が放つあらゆるたぐいの残り香を嗅いだ。観覧席いっぱいの喧騒と歓呼の残り香、朝の冷気にもいやまさるアスレティックなサロメチールの残り香、動悸する赤い心臓の残り香、決意の残り香、それこそは、この大競技場が夜のあいだというものずっと保っていた巨大な百合の香であり、そのアンツーカーの走路の煉瓦色は、まぎれもない百合の花粉の色であった。

走りながら、一つの想念が私の心を占めていた。すなわち、夜明けの悩める百合と、肉体の清浄との関係。

この難解な形而上学的な問題は私をひどく悩ましたので、走りつづけることの疲労は忘れ去られた。それは何か深いところで私自身と関わりのある問題で、肉体の清浄と神聖に関する少年の偽善とつながりがあり、多分、遠い聖セバスチァンの殉教の主題と結んでいた。

私が何一つ自分の日常生活について語らぬところに留意してもらいたい。私はただ、幾度かこうして私の携った秘儀についてのみ語ろうと思うのだ。

駈けることも亦、秘儀であった。それはただちに心臓に非日常的な負担を与え、日々のくりかえしの感情を洗い流した。私の血液はたとえ数日の停頓をも容赦しないようになった。たえず私は、何ものかに使役されていた。もはや肉体は安逸に耐えず、たちまち激動に渇いて私を促した。人が狂躁と罵るような私の生活がこうして続いた。ジムナジアムから道場へ、道場からジムナジアムへ。そのたびの、運動の直後の小さな蘇りだけが、何ものにもまさる私の慰藉になった。たえず動き、たえず激し、たえず冷たい客観性から遁（のが）れ出ること、もはやこうした秘儀なしには私は生きて行けないようになった。そして言うまでもなく、一つ一つの秘儀の裡（うち）には、必ず小さな死の模倣がひそんでいた。

私はしらずしらず、一種の修羅道に入っていた。年齢は私を追跡し、いつまでそれがつづくかと、背後からひそかに嗤(わら)っていた。しかし、もはやかくも健康な悪習(ヴァイス)が私をしっかりととらえた以上、あの秘儀の蘇りのあとでなくては、私は言葉の世界へ還ることができなくなったのである。

とはいうものの、肉と魂とのこの小さな復活のあとで、私がいやいや言葉の世界へ、義務のように還るというのではなかった。却って、喜々としてそこへ還るために、どうしてもこういう手続が必要になったのである。

言葉に対する私の要求は、ますます厳密な、気むずかしいものになった。あらゆるアップ・ツー・デイトな文体を私は避けた。次第に私は、再び、戦争時代にそうであったような、言葉の純粋な城を見出そうと努めていたのかもしれない。言葉の外では何ものかがたえず私を強い、言葉の内ではたとしえもなく自由であるような、そういう逆説的な自由の根拠地をふたたび言葉の城に見出すために、すべてを私は、かつて習いおぼえたのと同じ構図で、再建しようとしていたのかもしれない。

それはまた私が、言葉に無垢(むく)の作用のみをみとめていた時代の、言葉に対する何らうしろめたくない陶酔を取り戻すことであった。ということは、言葉の白蟻に蝕(むしば)まれたままの私を取り戻し、それを堅固な肉体で裏付することであった。あたかも子供が遊び馴れて折目の破れた双六（すごろく）を、丈夫な和紙で裏打ちしておくように、言葉が本当に私にとって幸福と自由の、（いかにそれが真実から遠いとはいえ）、唯一の拠り処であった状態を、復元することであった。いわばそれは、苦痛を知らぬ詩、私の黄金時代への回帰を意味していた。

あのころの、十七歳の私を無知と呼ぼうか？　いや、決してそんなことはない。私はすべてを知っていたのだ。十七歳の私が知っていたことに、その後四半世紀の人生経験は何一つ加えはしなかった。ただ一つのちがいは、十七歳の私がリアリズムを所有しなかったということだけだ。

もしもう一度あの夏の水浴のように私を快く涵（ひた）していた全知へ還ることができたらどんなによかろう。かくて自分のその年齢の領域を仔細に検分した結果、自分の言葉が確実に「終らせて」いる部分はきわめて少なく、その透明な全知の放射能に汚染されている区域はきわめて窄（せま）いことを知った。なぜなら私は、形見としての言葉をモニュメンタルに使おうと望みながら、その方法をまちがえていたからである。全知を節約し、むしろ全知をしりぞけ、時代の風潮への反措定のありたけを言葉に委（ゆだ）ねて、自分の持たぬ肉体を持たぬがままに反映させ、あたかも伝書鳩の赤い肢に銀の筒に入れた書信を託するように、言葉をして私の憧憬と共に未来か死へと飛び翔たせる作業に専念していたからである。それは実に「言葉を終らせない」ための営為であったと云えるのだが、とまれかくまれ、その営為には陶酔があった。

　前に述べた私の定義を思い出してもらいたい。私は言葉の本質的な機能とは、「絶対」を待つ間の永い空白を、あたかも白い長い帯に刺繡を施すように、書くことによって一瞬一瞬「終らせて」ゆく呪術だと定義したが、同時に、言葉によってなしくずしに「終らせ」られ、生の自然な連続感をつねに絶たれている精神には、真の終りの見分けがつかず、従ってそのような精神は決して「終り」を認識しない、と述べたのであった。

　それなら精神が「終り」を認識するときには、ついに「終り」を認識しえた精神にとっては、言葉はどのように作用するであろうか。

　われわれはその恰好な雛型を知っている。江田島の参考館に展示されている特攻隊の幾多の遺書がそれである。

　ある晩夏の一日、そこを訪れたとき、大半を占める立派な規矩正しい遺書と、ごく稀な走り書の鉛筆の遺書との、際立った対比が私の心を搏った。そのとき人は言葉によって真実を語るものであろうか、あるいは言葉をあげてモニュメンタルなものに化せしめるであろうか、というかねてからの疑惑が、硝子(ガラス)ケースに静まっている若い軍神たちの遺書を読みつづけるうちに、突然解かれたような心地が私にはした。

今もありありと心にのこっているのは、粗暴と云ってもよい若々しいなぐり書きで、藁半紙に鉛筆で誌した走り書の遺書の一つである。もし私の記憶にあやまりがなければ、それは次のような意味の一句で、唐突に終っていた。

「俺は今元気一杯だ。若さと力が全身に溢れている。三時間後には死んでいるとはとても思えない。しかし……」

真実を語ろうとするとき、言葉はかならずこのように口ごもる。その口ごもる姿が目に見えるようだ。羞恥からでもなく、恐怖からでもなく、ありのままの真実というものは、言葉をそんな風に口ごもらせるに決っており、それが真実というものの或る滑らかでない性質のあらわれなのだ。彼にはもはや「絶対」を待つ間の長い空白は残されていなかったし、言葉で緩慢にそれを終らせてゆくだけの暇もなかった。死へ向って駈け出しながら、生の感覚がクロロフォルムのように、そのふしぎが眩暈(めまい)のように、彼の「終り」を認識した精神を一時的に失神させた隙をうかがって、最後の日用の言葉は愛犬さながらこの若者の広い肩にとびつき、そしてかなぐり捨てられたのだった。

一方、七生報国や必敵撃滅や死生一如や悠久の大義のように、言葉すくなに誌された簡潔な遺書は、明らかに幾多の既成概念のうちからもっとも壮大もっとも高貴なものを選び取り、心理に類するものはすべて抹殺して、ひたすら自分をその壮麗な言葉に同一化させようとする矜(ほこ)りと決心をあらわしていた。

もちろんこうして書かれた四字の成句は、あらゆる意味で「言葉」であった。しかし既成の言葉とはいえ、それは並大抵の行為では達しえない高みに、日頃から飾られている格別の言葉だった。今は失ったけれども、かつてわれわれはそのような言葉を持っていたのである。

それらの言葉は単なる美辞麗句ではなくて、超人間的な行為を不断に要求し、その言葉の高みへまで昇って来るためには、死を賭した果断を要求している言葉であった。はじめは決意として語られたものが、次第次第にのっぴきならぬ同一化を強いるにいたるこの種の言葉は、はじめから日常瑣末な心理との間に架せられるべき橋を欠いていた。それこそ、意味内容はあいまいながらこの世ならぬ栄光に充ちあふれ、言葉自体が非個性的にモニュメンタルであればこそ、個性の滅却を厳格に要求し、およそ個性的な営為によるモニュメントの建設を峻拒している言葉であった。もし英雄が肉体的概念であるとすれば、あたかもアレキサンダー大王がアキレスを摸して英雄になったように、独創性の禁止と、古典的範例への忠実が英雄の条件であるべきであり、英雄の言葉は天才の言葉とはちがって、既成概念のなかから選ばれたもっとも壮大高貴な言葉であるべきであり、同時にこれこそかがやける肉体の言葉と呼ぶべきだったろう。

かくて参考館で私は、精神が「終り」を認識したときのいさぎよい二種の言葉を見たのだった。

私の少年時代の作品は、この二種に比べれば、そのような死の確実性と接近に欠け、十分怯懦（きょうだ）に毒されている余裕があっただけ、それだけ芸術に犯されていたわけである。特攻隊の美しい遺書に比べて、私は言葉を全く別な風に使っていた。しかし、私の精神が、言葉の自由を十分に容認し、言葉をふしだらなほど放任し、少年の作者に言葉の放蕩をほしいがままにさせながら、なおかつどこかで「終り」を認識していたことは、たしかなことに思われる。今読めばその兆は歴然としている。

今にして私は夢みる。あたかも白蟻に蝕まれた白木の柱のように、言葉が先にあらわれて、次に言葉に蝕まれた肉体があらわれたような人生は、必ずしも私一人ではなかった筈だ。私は独創性を否定しながら、どこかで私の生自体の独創性を肯定する矛盾を犯していた筈であり、肉体の教養はあからさまにその矛盾を私にあばいてくれた筈だ。それならばあの時代には、肉体が予見し精神が認識するところの「終り」は、特攻隊にも私にも渝りなく、等分に配布されていた筈だ。私はあの同一性を疑う余地のない地点に(肉体なしでも!)立っていることができた筈であり、死んだ若者たちの中には、私と全く同じに、白蟻に蝕まれた若者もいたにちがいない。いや、特攻隊の中にすらいたにちがいない。しかし幸いにも死んだ人たちは、定着された同一性のうちに、疑いようのない同一性のうちに、すなわち悲劇のうちに包括されたのだった。

十七歳の私の全知がこれを知らぬ筈はなかった。しかし私がはじめたことは、全知からできるだけ遠ざかることであった。時代を構築している素材を何一つ使わないつもりで、私は固執を純粋ととりちがえ、しかも方法をまちがえて、私が残そうと志したのは個性的なモニュメントになった。どうしてそんなものがモニュメントになりえたであろう。こうした錯誤の根本的な理由が今ありありと私にはわかるのだが、そのとき私は、言葉によって「終らせる」べき自分の生を蔑視していたのである。

蔑視と恐怖とは、ところで、少年にとっては同義語であった。私は多分それを言葉によって「終らせる」のが怖かったのである。終らせるべき現実からできるだけ遠ざかるところに、言葉の不朽を思い描いていた私は、しかしこの徒爾の行為に、たゆたうような陶酔を感じていた。更にあえて言えば、その行為には幸福も、いや、希望ですら欠けていなかった。そして戦争がおわり、精神が「終り」を認識することをはたと止めたのと同時に、陶酔も終熄した。

そこへ今さら帰ろうとする私の意図は、そもそも何を意味するのだろうか。私の求めているのは、自由なのか？　それとも不可能なのか？　その二つはもしかすると同じものを斥しているのであろうか。

明らかに私の欲しているのはその陶酔の再現であり、今度こそ、陶酔と共に、言葉については非個性の言葉を選んで、その真にモニュメンタルな機能を発揚させて、生を終らせてみせるという老練な技師の自負も、すでに私には備わっていた。頑固に「終り」を認識しない精神に対する私の復讐は、それしかなかったと云っても誇張にはなるまい。肉体が未来の衰退へ向って歩むとき、そのほうへはついて行かずに、肉体に比べればはるかに盲目で頑固な精神に黙ってついて行き、果てはそれにたぶらかされる人々と同じ道を、私は歩きたいとは思わなかった。

何とか私の精神に再び「終り」を認識させねばならぬ。そこからすべてがはじまるのだ。そこにしか私の真の自由の根拠がありえぬことは明らかだった。言葉の誤用によってことさら全知を避けていた少年時代の、あの夏のさわやかな水浴を思い出させる全知の水にふたたび涵（ひた）って、今度は水ごと表現してみせなくてはならぬ。

復帰が不可能だということは、人に言われるまでもなく、わかりきっている。しかしその不可能は私の認識の退屈を刺戟し、もはや不可能にしかおよびさまされぬ認識の活力は、自由へ向って夢みていたのである。

文学による自由、言葉による自由というものの究極の形態を、すでに私は肉体の演ずる逆説の中に見ていたのだった。ともあれ、私の逸したのは死ではなかった。私のかつて逸したのは悲劇だった。

……それにしても、私の逸したのは集団の悲劇であり、あるいは集団の一員としての悲劇だった。私がもし、集団への同一化を成就していたならば、悲劇への の参加ははるかに容易な筈であったが、言葉ははじめから私を集団から遠ざけるように遠ざけるようにと働らいたのである。しかも集団に融け込むだけの肉体的な能力に欠け、そのおかげでいつも集団から拒否されるように感じていた私の、自分を何とか正当化しようという欲求が、言葉の習練を積ませたのであるから、そのような言葉が集団の意味するものを、たえず忌避しようとしたのは当然である。いや、むしろ、私の存在が兆にとどまっていた間に、あたかも暁の光りの前から降りはじめている雨のように、私の内部に降りつづけていた言葉の雨は、それ自体が私の集団への不適応を予言していたのかもしれない。人生で最初に私がやったことは、その雨のなかで自分を築くことであった。

さて、私の幼時の直感、集団というものは肉体の原理にちがいないという直感は正しかった。今にいたるまで、この直感を革める必要を私は感じたことがない。後年、私が「肉体のあけぼの」と呼んでいるところの、肉体の激しい行使と死なんばかりの疲労の果てに訪れるあの淡紅色の眩暈を知るにいたってから、はじめて私は集団の意味を覚るようになったからである。

集団は、言葉がどうしても分泌せぬもろもろのもの、あの汗や涙や叫喚には関わっていた。さらに踏み込めば、言葉がついに流すことがなく流させることもない血に関わっていた。いわゆる血涙の文字というものが、ふしぎに個性的表現を離れて、類型的表現によって人の心を搏つのは、それが肉体の言葉だからであろう。

力の行使、その疲労、その汗、その涙、その血が、神輿担ぎの等しく仰ぐ、動揺常なき神聖な青空を私の目に見せ、「私は皆と同じだ」という栄光の源をなすことに気づいたとき、すでに私は、言葉があのように私を押し込めていた個性の閾を踏み越えて、集団の意味に目ざめる日の来ることを、はるかに予見していたのかもしれない。

もちろん、集団のための言葉というものもある。しかしそれらは決して自立した言葉ではない。すなわち、演説は演説者の、スローガンは煽動者の、戯曲の台詞は俳優の、それぞれの肉体によりかかっている。紙に書かれようと、叫ばれようと、集団の言葉は終局的に肉体的表現にその帰結を見出す。それは密室の孤独から、遠い別の密室の孤独への、秘められた伝播のための言葉ではなかった。集団こそは、言葉という媒体を終局的に拒否するところの、いうにいわれぬ「同苦」の概念にちがいなかった。

なぜなら「同苦」こそ、言語表現の最後の敵である筈だからである。一著作家の心の中で、サーカスの巨大な天幕のように、星空へ向ってふくらまされた世界苦（ヴェルト・シュメルツ）も、ついに同苦の共同体を創ることはできぬ。言語表現は快楽や悲哀を伝達しても、苦痛を伝達することはできないからであり、快楽は観念によって容易に点火されるが、苦痛は、同一条件下に置かれた肉体だけが頒ちうるものだからである。

肉体は集団により、その同苦によって、はじめて個人によっては達しえない或る肉の高い水位に達する筈であった。そこで神聖が垣間見られる水位にまで溢れるためには、個性の液化が必要だった。のみならず、たえず安逸と放埒と怠惰へ沈みがちな集団を引き上げて、ますます募る同苦と、苦痛の極限の死へみちびくところの、集団の悲劇性が必要だった。集団は死へ向って拓かれていなければならなかった。私がここで戦士共同体を意味していることは云うまでもあるまい。

早春の朝まだき、集団の一人になって、額には日の丸を染めなした鉢巻を締め、身も凍る半裸の姿で、駈けつづけていた私は、その同苦、その同じ懸声、その同じ歩調、その合唱を貫ぬいて、自分の肌に次第ににじんで来る汗のように、同一性の確認に他ならぬあの「悲劇的なもの」が君臨してくるのをひしひしと感じた。それは凜烈（りんれつ）な朝風の底からかすかに芽生えてくる肉の炎であり、そう云ってよければ、崇高さのかすかな萌芽だった。「身を挺している」という感覚は、筋肉を躍らせていた。われわれは等しく栄光と死を望んでいた。望んでいるのは私一人ではなかった。

心臓のざわめきは集団に通い合い、迅速な脈搏は頒たれていた。自意識はもはや、遠い都市の幻影のように遠くにあった。私は彼らに属し、彼らは私に属し、疑いようのない「われら」を形成していた。属するとは、何という苛烈な存在の態様であったろう。われらは小さな全体の輪を以て、巨きなおぼろげな輝く全体の輪をおもいみるよすがとした。そして、このような悲劇の模写が、私の小むつかしい幸福と等しく、いずれ雲散霧消して、ただ存在する筋肉に帰するほかはないのを予見しながらも、私一人では筋肉と言葉へ還元されざるをえない或るものが、集団の力によってつなぎ止められ、二度と戻って来ることのできない彼方へ、私を連れ去ってくれることを夢みていた。それはおそらく私が、「他」を恃んだはじめであった。しかも他者はすでに「われら」に属し、われらの各員は、この不測の力に身を委ねることによって、「われら」に属していたのである。

かくて集団は、私には、何ものかへの橋、そこを渡れば戻る由もない一つの橋と思われたのだった。

エピロオグ——F104

私には地球を取り巻く巨きな巨きな蛇の環が見えはじめた。すべての対極性を、われとわが尾を嚥(の)みつづけることによって鎮める蛇。すべての相反性に対する嘲笑をひびかせている最終の巨大な蛇。私にはその姿が見えはじめた。

相反するものはその極致において似通い、お互いにもっとも遠く隔たったものは、ますます遠ざかることによって相近づく。蛇の環はこの秘義を説いていた。肉体と精神、感覚的なものと知的なもの、外側と内側とは、どこかで、この地球からやや離れ、白い雲の蛇の環が地球をめぐってつながる、それよりもさらに高方においてつながるだろう。

私は肉体の縁(へり)と精神の縁、肉体の辺境と精神の辺境だけに、いつも興味を寄せてきた人間だ。深淵には興味がなかった。深淵は他人に委せよう。なぜなら深淵は浅薄だからだ。深淵は凡庸だからだ。

縁(へり)の縁、そこには何があるのか。虚無へ向って垂れた縁飾(ふちかざ)りがあるだけなのか。

人は地上で重い重力に押しひしがれ、重い筋肉に身を鎧って、汗を流し、走り、撃ち、辛うじて跳ぶ。それでも時として、目もくらむ疲労の暗黒のなかから、果然、私が「肉体のあけぼの」と呼んでいるものが色めいてくるのを見た。人は地上で、あたかも無限に飛翔するかのような知的冒険に憂身をやつし、じっと机に向って、精神の縁(へり)へ、もっと縁へ、もっと縁へと、虚無への落下の危険を冒しながら、にじり寄ろうとする。その時、(ごく稀にだが)、精神も亦、それ自身の黎明(れいめい)を垣間見るのだ。

しかしこの二つが、決して相和することはない。お互いに似通ってしまうことはなかった。

私は知的冒険に似た、冷え冷えとした怖ろしい満足を、かつて肉体的行為の裡に発見したことがなかった。また、肉体的行為の無我の熱さを、あの熱い暗黒を、かつて知的冒険の裡に味わったことがなかった。

どこかでそれらはつながる筈だ。どこで?

運動の極みが静止であり、静止の極みが運動であるような領域が、どこかに必ずなくてはならぬ。

もし私が大ぶりに腕を動かす。そのとたんに私は知的な血液の幾分かを失うのだ。もし私が打撃の寸前に少しでも考える。そのとたんに私の一打は失敗に終るのだ。

どこかでより高い原理があって、この統括と調整を企てていなければならぬ筈だった。

私はその原理を死だと考えた。

しかし私は死を神秘的に考えすぎていた。死の簡明な物理的な側面を忘れていた。

地球は死に包まれている。空気のない上空には、はるか地上に、物理的条件に縛(いまし)められて歩き回る人間を眺め下ろしながら、他ならぬその物理的条件によってここまでは気楽に昇れず、したがって物理的に人を死なすことときわめて稀な、純潔な死がひしめいている。人が素面(すおもて)で宇宙に接すればそれは死だ。宇宙に接してなお生きるためには、仮面をかぶらねばならない。酸素マスクというあの仮面を。

精神や知性がすでに通い馴れているあの息苦しい高空へ、肉体を率いて行けば、そこで会うのは死かもしれない。精神や知性だけが昇って行っても、死ははっきりした顔をあらわさない。そこで精神はいつも満ち足りぬ思いで、しぶしぶと、地上の肉体の棲家へ舞い戻って来る。彼だけが昇って行ったのでは、ついに統一原理は顔をあらわさない。二人揃って来なくては受け容れられぬ。

私はまだあの巨大な蛇に会っていなかった。

それでいて、私の知的冒険は、いかに高い高い空について知悉していたことであろう。私の精神はどんな鳥よりも高く飛び、どんな低酸素をも怖れなかった。私の精神は本来、あの濃密な酸素を必要としなかったのかもしれない。ああ、あいつらの精神。肉体が跳ぶ高さしか跳ぶことのできぬ飛蝗（ばった）どもの精神。私はあいつらの影を、はるか下方の草地の中に一瞥（いちべつ）すると、腹を抱えて笑ったものだ。

しかし、飛蝗どもからさえ、何事かを学ばねばならなかった。私は自分がその高空へついぞ肉体を伴って来たことがなく、つねに肉体を地上の重い筋肉の中に置きざりにしてきたことを悔いはじめた。

或る日、私は自分の肉体を引き連れて気密室（プレシャー・チェンバー）の中へ入った。十五分間の脱窒素。すなわち百パーセントの酸素の吸入。こうして私の肉体は、私の精神が毎夜入っているのと同じ気密室へ入れられて、不動で、椅子に縛しめられ、肉体にとっては思いもかけない作業を強いられるのを知って、ひたすらおどろいていた。手足も動かさずに坐っていることが自分の役割になろうとは、想像もつかなかったのだ。

　それは精神にとってはいとも易々たる、高空耐性の訓練だったが、肉体にとってははじめての経験だった。酸素マスクは呼吸につれて、鼻翼に貼りついたり離れたりしていた。精神は言いきかせた。

「肉体よ。お前は今日は私と一緒に、少しも動かずに、精神のもっとも高い縁まで行くのだよ」

　肉体は、しかし、傲岸にこう答えた。

「いいえ、私も一緒に行く以上、どんなに高かろうが、それも亦、肉体の縁に他なりません。書斎のあなたは一度も肉体を伴っていなかったから、そういうことを言うのです」

　そんなことはどうでもよい。私たちは一緒に出発したのだ。少しも動かずに！天井の細穴からはすでに空気が残りなく吸い取られ、徐々に見えない減圧がはじまっていた。

　不動の部屋は天空へ向って上昇していた。一万フィート、二万フィート、見たところ、室内には何一つ起らないのに、部屋は怖ろしい勢いで、地上の羈絆を脱しつつあった。部屋には酸素の稀薄化と共に、あらゆる日常的なものの影が薄れはじめた。三万五千フィートをすぎるころから、何かの近づく影があらわれて、私の呼吸は次第に、水面へ出てせわしげに口を開閉する瀕死の魚の呼吸になった。しかし私の爪の色は、チアノーゼの紫色にはなお遠かった。

酸素マスクは作動しているのだろうか。私は調節器のＦＬＯＷの窓をちらりと見て、大きく深く吸おうとする私の呼吸につれて、白い標示片が大きくゆるやかに動いているのを見た。酸素は供給されていた。しかし体内の溶存ガスの気泡化につれて、窒息感（チョーク）が起りつつあったのだ。

ここで行われている肉体的冒険は、知的冒険と正確に似ていたので、今まで私は安心していた。動かない肉体が何かに達することなど、想像もつかなかったからである。

四万フィート。窒息感（チョーク）はいよいよ高まった。私の精神は仲よく肉体と手を携えて、どこかに自分のための空気が残されてはいないかと、血眼（ちまなこ）で探し回っていた。ほんの一片でもいい。空気があれば、それをがつがつと食べたであろう。

私の精神はかつて恐慌を知っている。不安を知っている。しかし肉体が黙って精神のために供給しているこの本質的な要素の欠乏をまだ知らなかった。息を止めて思考しようとすると、思考は何ものかに忙殺される。思考の肉体的条件の形成に忙殺されるのだ。そこで彼は又息をしてしまう、どうしてものがれることのできないあやまちを犯すかのように。

四万一千フィート。四万二千フィート。四万三千フィート。私は自分の口にぴたりと貼りついた死を感じた。柔らかな、温かい、蛸（たこ）のような死。それは私の精神が夢みたいかなる死ともちがう、暗い軟体動物のような死の影だったが、私の頭脳は、訓練が決して私を殺しはしないことを忘れていなかった。しかしこの無機的な戯れは、地球の外側にひしめいている死が、どんな姿をしているかをちらと見せてくれたのだ。

……そこから突然のフリー・フォール。高度二万五千フィートの水平飛行のあいだ、酸素マスクを外して行われる低酸素症（ハイポクシア）の体験。又、一瞬の轟音と共に室内が白い霧に包まれる急減圧の体験。……私はこうして訓練に合格した。そして一枚の、航空生理訓練を修習したことを証する小さな桃いろのカードをもらった。私の内部で起っていることと、私の外部と、私の精神の縁（へり）と肉体の縁とが、どんな風にして一つの汀（みぎわ）に融け合うか、それを知る機会がもうすぐ来るだろう。

十二月五日は美しく晴れていた。

H基地で、私は飛行場に居並んだF１０４超音速ジェット戦闘機群の銀いろにかがやく姿を見る。整備員が、私が乗せてもらう016号に手を入れている。F104が、こんなに物静かに休ろうているのを見るのははじめてだ。いつもその飛翔の姿に、私はあこがれの目を放った。あの鋭角、あの神速、F104は、それを目にするや否や、たちまち青空をつんざいて消えるのだった。あそこの一点に自分が存在する瞬間を、私は久しく夢みていた。あれは何という存在の態様だろう。何という輝やかしい放埒だろう。頑固に坐っている精神に対する、あれほど光輝に充ちた侮蔑があるだろうか。あれはなぜ引裂くのか。あれはなぜ、一枚の青い巨大なカーテンを素速く一口(ひとふり)の匕首(あいくち)が切り裂くように切り裂くのか。その天空の鋭利な刃になってみたいとは思わぬか。

　私は茜色の飛行服を着、落下傘を身に着けた。生存装具(サヴァイヴァル・キット)の切り離し方を教えられ、酸素マスクを試された。白い重いヘルメットは、あとしばらくのあいだ、私のものだった。そして靴の踵(かかと)には、はね上って折れる足をつなぎとめるための、銀色の拍車がつけられた。

　このとき午後二時すぎの飛行場には、雲間から撒水車のように光りがひろがって落ちていた。雲のありさまも光りのさまも、古い戦争画の空の描写に用いられる常套の手法だった。それは雲の裏に隠された聖櫃(せいひつ)から、扇なりに雲をつんざいて落ちてくる壮厳な光芒の構図である。何故空がこんな風に、巨大な、いかめしい、時代おくれの構図を描き、光りが又いかにも内的な重みを湛(たた)え、遠い森や村落を神聖に見せていたのかわからない。それは今すぐにも切り裂かれる空の、告別の弥撒(ミサ)のようだ。パイプ・オルガンの光りだ、あれは。

……私は複座の戦闘機の後部座席に乗り、靴の踵の拍車を固定し、酸素マスクを点検し、蒲鉾(かまぼこ)形の風防ガラスでおおわれた。操縦士との無線の対話は、しばしば英語の指令に妨げられた。私の膝の下には、すでにピンを抜いた脱出装置の黄いろい鐶が静まっていた。高度計、速度計、おびただしい計器類。操縦士が点検している操縦桿は、もう一つ私の前にもあって、それが点検に応じて、私の膝の間であばれている。

二時二十八分。エンジン始動。金属的な雷霆(らいてい)の間に、操縦士のマスクの中の息の音が、大空の規模で、台風のようにはためいてきこえる。二時半。０１６号機はゆるやかに滑走路へ入り、そこで止ってエンジンの全開のテストをした。私は幸福に充たされる。日常的なもの、地上的なものに、この瞬間から完全に訣別し、何らそれらに煩わされぬ世界へ出発するというこの喜びは、市民生活を運搬するにすぎない旅客機の出発時とは比較にならぬ。

何と強く私はこれを求め、何と熱烈にこの瞬間を待ったことだろう。私のうしろには既知だけがあり、私の前には未知だけがある、ごく薄い剃刀（かみそり）の刃のようなこの瞬間。そういう瞬間が成就されることを、しかもできるだけ純粋厳密な条件下にそういう瞬間を招来することを、私は何と待ちこがれたことだろう。そのためにこそ私は生きるのだ。それを手助けしてくれる親切な人たちを、どうして私が愛さずにいられるだろう。

私は久しく出発という言葉を忘れていた。致命的な呪文を魔術師がわざと忘れようと努めるように、忘れていたのだ。

Ｆ１０４の離陸は徹底的な離陸だった。零戦が十五分をかけて昇った一万メートルの上空へ、それはたった二分で昇るのだ。＋（プラス）Ｇが私の肉体にかかり、私の内臓はやがて鉄の手で押し下げられ、血は砂金のように重くなる筈だ。私の肉体の錬金術がはじまる筈だ。

Ｆ１０４、この銀いろの鋭利な男根は、勃起の角度で大空をつきやぶる。その中に一疋の精虫のように私は仕込まれている。私は射精の瞬間に精虫がどう感じるかを知るだろう。

われわれの生きている時代の一等縁（へり）の、一等端の、一等外（はず）れの感覚が、宇宙旅行に必須なGにつながっていることは、多分疑いがない。われわれの時代の日常感覚の末端が、Gに融け込んでいることは、多分まちがいがない。われわれがかつて心理と呼んでいたものの究極が、Gに帰着するような時代にわれわれは生きている。Gを彼方に予想していないような愛憎は無効なのだ。

Gは神的なものの物理的な強制力であり、しかも陶酔の正反対に位する陶酔、知的極限の反対側に位置する知的極限なのにちがいない。

F104は離陸した。機首は上った。さらに上った。思う間に手近な雲を貫ぬいていた。

一万五千フィート、二万フィート。高度計と速度計の針が白い小さな高麗鼠のように回っている。準音速のマッハ0・9。

ついにGがやってきた。が、それは優しいGだったから、苦痛ではなくて、快楽だった。胸が、滝が落ちるように、その落ちた滝のあとに何もないかのように、一瞬空になった。私の視界はやや灰色の青空に占められていた。それは青空の一角をいきなり齧り、青空の塊りを嚥下する感覚だ。清澄なままに理性は保たれていた。すべては静かで、壮大で、青空のおもてには白い雲の精液が点々と迸っていた。眠っていなかったから醒めることもなかった。しかし醒めている状態から、もう一皮、荒々しく剝ぎ取られたような覚醒があって、精神はまだ何一つ触れたもののないように無垢だった。風防ガラスのあらわな光りの中で、私は晒された歓喜を嚙んでいた。苦痛に襲われたように、多分歯をむき出して。

私はかつて空に見たあのF104と一体になり、私は正に、かつて私がこの目に見た遠いものの中へ存在を移していた。つい数分前までは私もその一人であった地上の人間にとって、私は一瞬にして「遠ざかりゆく者」になり、かれらの刹那の記憶に他ならない一点に、今正に存在していた。

風防ガラスをつらぬいて容赦なくそそぐ太陽光線、この思うさま裸かになった光りの中に、栄光の観念がひそんでいると考えるのは、いかにも自然である。栄光とはこのような無機的な光り、超人間的な光り、危険な宇宙線に充ちたこの裸かの光輝に、与えられた呼名にちがいない。

三万フィート。三万五千フィート。

雲海ははるか下方に、目に立つほどの凹凸もなく、純白な苔庭のようにひろがっていた。F104は、地上に及ぼす衝撃波を避けるために、はるか海上へ出て、南下しながら、音速を超えようとするのである。

午後二時四十三分。三万五千フィートで、それはマッハ0・9の準音速(サブ・ソニック)から、かすかな震動を伴って、音速を超え、マッハ1・15、マッハ1・2、マッハ1・3に至って、四万五千フィートの高度へ昇った。沈みゆく太陽は下にあった。

何も起らない。

あらわな光りの中に、ただ銀いろの機体が浮び、機はみごとな平衡を保っている。それは再び、閉ざされた不動の部屋になった。機は全く動いていないかのようだ。それはただ、高空に浮んでいる静止した奇妙な金属製の小部屋になった。あの地上の気密室は、かくて宇宙船の正確なモデルになる筈だ。動かないものが、もっとも迅速に動くものの、精密な原型になるのだ。

窒息感(チヨーク)も来ない。私の心はのびやかで、いきいきと思考していた。閉ざされた部屋と、ひらかれた部屋との、かくも対極的な室内が、同じ人間の、同じ精神の棲み家になるのだ。行動の果てにあるもの、運動の果てにあるものがこのような静止だとすると、まわりの大空も、はるか下方の雲も、その雲間にかがやく海も、沈む太陽でさえ、私の内的な出来事であり、私の内的な事物であってふしぎはない。私の知的冒険と肉体的冒険とは、ここまで地球を遠ざかれば、やすやすと手を握ることができるのだ。この地点こそ私の求めてやまぬものであった。

天空に浮んでいる銀いろのこの筒は、いわば私の脳髄であり、その不動は私の精神の態様だった。脳髄は頑なな骨で守られてはいず、水に浮んだ海綿のように、浸透可能なものになっていた。内的世界と外的世界とは相互に浸透し合い、完全に交換可能になった。雲と海と落日だけの簡素な世界は、私の内的世界の、いまだかつて見たこともない壮大な展望だった。と同時に、私の内部に起るあらゆる出来事は、もはや心理や感情の羈絆を脱して、天空に自由に描かれる大まかな文字になった。

そのとき私は蛇を見たのだ。

地球を取り巻いている白い雲の、つながりつながって自らの尾を嚥んでいる、巨大というもおろかな蛇の姿を。

ほんのつかのまでも、われわれの脳裡に浮んだことは存在する。現に存在しなくても、かつてどこかに存在したか、あるいはいつか存在するであろう。それこそ気密室と宇宙船との相似なのだ。私の深夜の書斎と、四万五千フィート上空のF104の機体内との相似なのだ。肉体は精神の予見に充たされて光り、精神は肉体の予見に溢れて輝やく筈だ。そしてその一部始終を見張る者こそ、意識なのだ。今、私の意識はジュラルミンのように澄明だった。

あらゆる対極性を一つのものにしてしまう巨大な蛇の環は、もしそれが私の脳裡に泛(うか)んだとすれば、すでに存在していてふしぎはなかった。蛇は永遠に自分の尾を嚥んでいた。それは死よりも大きな環、かつて気密室で私がほのかに匂いをかいだ死よりももっと芳香に充ちた蛇、それこそはかがやく天空の彼方にあって、われわれを瞰下(みお)ろしている統一原理の蛇だった。

操縦士の声が私の耳朶(じだ)を搏った。

「これから高度を下げて、富士へ向って、富士の鉢の上を旋回したのち、横転やＬＡＺＹ８(エイト)を多少やります。それから中禅寺湖方面を回って帰還します」

富士は機首のやや右に、雲をしどけなく身に纏(まと)って、黒い影絵の肩を聳(そび)やかせていた。左方には、夕日にかがやく海に、白い噴煙をヨーグルトのように凝固させた大島があった。

すでに高度は、二万八千フィートを割っていた。

眼下の雲海のところどころの綻(ほころ)びから、赤い百合が咲き出ている。夕映えに染められた真紅の海面の反映が、雲のほんのかすかな綻びを狙って、匂い出ているのである。その紅が厚い雲の内側を染めて映発するから、それがあたかも赤い百合があちこちに、点々と咲いているように見えるのだ。

〈イカロス〉

私はそもそも天に属するのか？
そうでなければ何故天は
かくも絶えざる青の注視を私へ投げ
私をいざない心もそらに
もっと高くもっと高く
人間的なものよりもはるか高みへ
たえず私をおびき寄せる？
均衡は厳密に考究され
飛翔は合理的に計算され
何一つ狂おしいものはない筈なのに
何故かくも昇天の欲望は
それ自体が狂気に似ているのか？

私を満ち足らわせるものは何一つなく
地上のいかなる新も忽(たちま)ち倦(あ)かれ
より高くより高くより不安定に
より太陽の光輝に近くおびき寄せられ
何故その理性の光源は私を灼(や)き
何故その理性の光源は私を滅ぼす？
眼下はるか村落や川の迂回は
近くにあるよりもずっと耐えやすく
かくも遠くからならば
人間的なものを愛することもできようと
何故それは弁疏(べんそ)し是認し誘惑したのか？
その愛が目的であった筈もないのに？
もしそうならば私が
そもそも天に属する筈もない道理なのに？
鳥の自由はかつてねがわず
自然の安逸はかつて思わず

ただ上昇と接近への
不可解な胸苦しさにのみ駆られて来て
空の青のなかに身をひたすのが
有機的な喜びにかくも反し
優越のたのしみからもかくも遠いのに
もっと高くもっと高く
翼の蠟の眩暈（めまい）と灼熱におもねったのか？

されば
そもそも私は地に属するのか？
そうでなければ何故地は
かくも急速に私の下降を促し
思考も感情もその暇を与えられず
何故かくもあの柔らかなものうい地は
鉄板の一打で私に応えたのか？
私の柔らかさを思い知らせるためにのみ

柔らかな大地は鉄と化したのか？
墜落は飛翔よりもはるかに自然で
あの不可解な情熱よりもはるかに自然だと
自然が私に思い知らせるために？
空の青は一つの仮想であり
すべてははじめから翼の蠟の
つかのまの灼熱の陶酔のために
私の属する地が仕組み
かつは天がひそかにその企図を助け
私に懲罰を下したのか？
私が私というものを信ぜず
あるいは私が私というものを信じすぎ
自分が何に属するかを性急に知りたがり
あるいはすべてを知ったと傲(おご)り
未知へ
あるいは既知へ

いずれも一点の青い表象へ
私が飛び翔(た)とうとした罪の懲罰に？

（了）

初出・「批評」昭和四十年十一月～四十三年六月、「文芸」昭和四十三年二月
底本・『三島由紀夫文学論集Ⅰ』（講談社）平成十八年四月

あとがき

発見のこと

――燦爛へ

小島英人

小島英人 *Hideto Kojima*

昭和三十五年、東京生まれ。東大法学部卒。NYU映画学修士。TBSテレビにて長く報道記者。三島由紀夫関連の独自ダネ多数。平成十七年、「英霊漂ふ…～三島由紀夫自決・35年目の夢枕～」のドキュメンタリー制作。現在、TBSホールディングスにてTBSヴィンテージクラシックスプロデューサー。社内放送禁止テープの中から未発表インタビュウテープを発見。

発見

私は、本書『告白』の元テープを「発見」した者である。最初に聞いた聴取者である。そしてその録音の内容に一聴措(お)く能(あたわ)ずの感慨を覚えた最初の讃美者である。定年間近い初老の放送局員だ。報道記者の経験が永かった。歴史モノの独自ネタをいくつかものした。若い頃は、新憲法の普及促進歌「憲法音頭」の「幻のレコード」を発見し、新国家の瑞々しい船出の時代を描く特集を組んだ。大いに話題となり、今でもYouTubeで視(み)ることができる。今世紀に入って「731部隊石井四郎中将の戦後日記」の発見をテレビで特報(スクープ)した。毒ガス博士の武士魂という知られざる一面を浮き彫りにした。平成十七年、三島由紀夫没後三十五年の節目には、「三島由紀夫憲法私案」、「三島由紀夫最後の質問取材(インタビュー)」、「三島由紀夫神社の発見」の秘話を連続放送した。さらにあの自決事件で生き残った「楯の会」元幹部の割り切れない心情を軸として、幹部が師・三島由紀夫の真意を求め口寄せの交霊に縋(すが)ろうとする姿をドキュメンタリイとして描いた（「英霊漂ふ…〜三島由紀夫自決・35年目の夢枕〜」平成十七年）。私は、「発見」することに職業本能があった。三島由紀夫には小学生の時にあの事件に遭遇し、世界の深遠と懼(おそ)れと謎を感じて以来の執着があった。今回のテープの発見が大きなニュースになるとしばしば「偶々見つけたの？」などと聞かれたものだが全くの偶然とは謂えない。まず「発見」を記し、次にインタビュウの「聞きごたえ」を述べる。そして「身元確認」と「謎」に迫りたい。

平成二十五年秋のことだった。その頃、すでに報道記者を退き、経営戦略部門に異動していた私は放送局の社内倉庫で「経営資源の確認」と称し、ある種の特ダネを探していた。勤務する放送局は、東京で最古の民間放送局（当初「ラジオ東京」。現TBS）である。開局時には、「放送において文化を創造する」と高らかに宣言し（昭和二十六年十二月、足立正社長のことば）、草創期の放送では、クラシックやジャズの世界的な演奏会をさかんに取り上げていた。その上、他局に比べ保存に力を入れていたから倉庫には、放送由来の文化遺産が多数眠っているはずだ。案の定だった。「ヴァイオリンの神様」といわれたヤッシャ・ハイフェッツの最後の来日公演（昭和二十九年）、世紀のベートーヴェン弾きヴィルヘルム・バックハウスの初来日公演（昭和二十九年）、「二十世紀の楽聖」パブロ・カザルスと愛弟子平井丈一朗の日本での最初で最後の演奏会（昭和三十六年）などの録音を陸続と確認した。これらの発見は、歴史的録音（ヒストリカル）を求めていた世界最大のレコード会社（ユニバーサル）に評価され、三十一枚のＣＤシリーズとして世に還り、（「ＴＢＳヴィンテージクラシックス」シリーズ）好評を博した。さらに百尺竿頭（ひゃくしゃくかんとう）に一歩を進めたいと思った。私は、「放送禁止テープ」に目を向けた。放送局では、内容の確認が取れないものや権利関係が不明なもの、内容が放送にそぐわないものなどを分別している。ここに驚くようなものがないものか。普段は、放送局員の目には触れることがない。放送局で働いて三十数年だが、私も一度も見たことがなかった。特別に許可を得た。表向きの目的は、クラシック音源の更なる確認であった。放送禁止テープ群は、資料管理の責任者席すぐ近くの引き出し式のロッカーに施錠され仕舞いこまれていた。代々申し送られたテープの「墓場」のようなものである。ただ廃棄や消去という「抹殺」はなされていない。「生き埋めの古墳」である。数百本はあろうか。タイトルを見ると落語からスポーツ関係まで雑多だが、それぞれに事情（わけ）有りだから人知れぬ一角に収容されている。その中で一本のテープが目に留まった。元記者の胸は早鐘を撞（つ）いた。聞いたことがない。新発見の匂いが漂う。こう記されていた。

「1970年　自決半年前の三島由紀夫の思想
三島由紀夫とジョン・ベスターの対談」

この邂逅は、偶然ではない。未必の故意の如きもの。積極具体に希望したわけではないが心の奥底にそういったこともあるかもしれないと黙諾していた。啐啄（そったく）同時（とうじ）の呼吸があったと感じた。私は永らく、三島由紀夫に係（かか）ずらってきたのであり、一方で数百本のテープのうち取り立ててその一本から何かが萌（きざ）していたようなのであった。気の籠りのごとき何かが漂っていたと思い返す。

中敷の紙片やテープの隅々に目を凝らす。タイトル以上の情報は、なかった。テープは、社内の保存資料記録（データベース）には存在しないものだった。放送記録はどうか。録音された一九七〇年から現在までのラジオの番組表をしらみ潰しに見ていく。該当する放送は見当たらなかった。テレビ番組については、放送のデータベース化が進んでいる。データ検索をする。三島由紀夫を取り上げたテレビでの放送回数は、二百三十五回（調査時点、平成二十七年一月まで）。ニュースやドキュメンタリイ、バラエティなど多岐にわたる。データ上で三島由紀夫のインタビュウテープと思しき利用はなかった。

テープには、基本的なデータがなかった。何時どこで誰が何のために録音したのか、何時誰がTBSの放送禁止テープ箱に仕舞い込んだのか。中身は本当に三島由紀夫の対談なのか。ジョン・ベスターとは誰か。TBSで放送していないことはすぐに確認できたが、それなら何故この放送局が保管しているのか。テープはどこかで発表されたことがあるのか。これら全てについて確認がとれていない。だからこそ「放送禁止」の姥捨山に放擲されてきたものなのだ。誰かが後世に確認の作業を託したとも言えるかもしれない。「発見」した私に義理の念が生じた。テープの身元と骨董品の世界でいうところの「伝来」の解明に手間を尽くす。「発見」とはこうした吟味と永い季節のことを謂う。発表まで優に三年を要した。

聞き応え

テープを聴く。前半、後半にわかれている。併せて一時間二十分に及ぶ。まず仲立ちの男性がいて、「三島さん」「ベスターさん」と名前を呼ぶ。日本語を話す外国人が三島由紀夫と思しき人物にあれやこれやとたずねていく。「三島さん」と呼ばれた人物は、太く、張りと腰のある声で語る。

「豊饒の海」第三巻『暁の寺』が「けさ完成した」と謂う。

実は、テープの録音日を特定する手がかりがこれだった。「豊饒の海」第三巻『暁の寺』であるが、不思議なことにこれまで「完成した」日、擱筆日は、不明であった。編集者に手渡された日「けさ」はいつか。昭和四十五年の二月二十日である（小島千加子『三島由紀夫と檀一雄』構想社、昭和五十五年）。一方、三島由紀夫は恩師（清水文雄）にあてた二月十六日消印の葉書で「目下、二月中に何とか小説『暁の寺』を完成させようと奮闘してをります」と書いている。つまり、二月十七日から十九日頃に完成させ、さらに通常なら午前中に睡眠をとり、その日の午後以降に対談に臨んだことになる。この三日間のいつか、どこかのホテルの一室らしき部屋で対談が行われ録音されている。三島由紀夫の研究者たちの間でも特定されていなかった『暁の寺』脱稿日は取材によって発見した資料によって録音日は特定できた。それは後述する。

さて、テープの中身だが、人物は、しばしば豪傑のように呵呵大笑する。伝え聞く三島由紀夫のそれと感じる。『暁の寺』を書き終えるのに一年八ヵ月を要したという。「非常に肩に重くて、とてもつらかったですね」（P9）としみじみいう。「フローベールは言葉というものを非常に大切にしたんですね。でも、そういう思想はだんだん死んでしまった。僕はそういう思想をいまだに守っているんですから、もう時代おくれ」（P21）と語り、ハッハハハとさも愉快そうに大笑いする。「時代おくれ」の言い方に自信がある。人間の本心が掣肘なく真っ直ぐに開顕されている。そうした聞きものであった。一気に聞いた。私は、感慨を覚えた。

全体を通じて、潺湲と流れる谷清水のような上気分。ウイスキーのソーダ割を片手にのびのびと気儘に語りつくしている。大胆で、逞しく、闊達な座談。機知と諧謔に富む。私は瑰麗雄渾な交響曲のように聞き惚れた。

身元確認

……去年は、戯曲を書き過ぎた。「癩王のテラス」と「椿説弓張月」と。現代の歌舞伎は、夕日のようだ。残光がかすかに残る。ぼくは、音楽には興味がない。しかし、『暁の寺』を書くときは、ドビュッシーの「シャンソン・ド・ビリティス」を何度も聞いた。『獣の戯れ』は、カラヤン指揮の「フィデリオ」の間奏曲を聞いて一気に書き上げた。純粋な人間は、心が見える。自分に肉体ができたら、死が外から肉体の中に入ってきた。純粋な人間は自衛隊員に残っている。日本では平和憲法が偽善の元である。九条第二項をごまかしている。ごまかして生きていくことが嫌だ。……

声からも内容からも三島由紀夫以外の人間とは考えられない。確認のため権威ある機関の研究者に聞いてもらう。三島由紀夫文学館（山梨県山中湖村）の山中剛史特別研究員は、声の主はほぼ間違いなく三島由紀夫であること、この時期の対談は、記録がなくこれまでに知られていない。テープの価値は高い。

三島由紀夫のご遺族に一報をご連絡する。著作権事務所を通じて、これまで知られていないインタビュウ録音の発見をお伝えする。テープの声が三島由紀夫本人であるかどうか、なにかこの時期の記録があるのかをお尋ねする。暫くして「声に関しては父親だと思う」とのご返答を得る。日記、メモなどにインタビュウの記録はなかった。三島家からも手がかりはない。

ジョン・ベスターは、昭和二年、イギリス生まれの翻訳家だった。かの手軽なインターネット百科事典（ウィキペディア）では存命となっている。ならばお会いしたい。ベスターは、昭和四十五年、テープが録音された年に三島由紀夫の『太陽と鉄』を翻訳していた。出版社は講談社の子会社「講談社インターナショナル」だった。今は、清算されてしまった会社である。親会社だった講談社に調査を依頼する。一ヵ月程かかって返事があった。残念なことにすでに他界されていた。平成二十二年没である。インターネットの情報はそんなものである。ベスターには養子となった日本人男性がいた。世田谷の住まいを訪ねる。男性は、「間違いなく父です。若い頃ですが」と言った。この頃、ベスターは四十三歳である。残念ながら、ベスターの生前の日記、メモなどの類は処分され、残っていなかった。三島由紀夫との対談記録には行き着けなかった。

ベスターの担当編集者の名前を得る。川島勝という講談社の元編集者である。大正十二年生まれ。昭和二十一年、講談社の「群像」創刊に参画。その頃、焼夷弾で黒こげになった講談社の社屋に絣に袴の新人として現れたのが二十一歳の三島由紀夫だった。川島は、白皙の青年文士から「岬にての物語」の持ち込み原稿を受け取り、以来、終生の付き合いが始まった。三島由紀夫の最晩年には、『太陽と鉄』の英語版を手がけた。講談社から得た電話番号は取り外されていた。住所を探す。宮益坂の古いマンションを探しあてる。表札の跡だけが残っていた。数年前に亡くなっていたことを後から知った。川島勝は『三島由紀夫』という回想録（文藝春秋、平成八年）を残している。三島由紀夫とベスターの対顔を取り次いだことを明かしている。

……翻訳者のジョン・ベスターと組んで私は井伏鱒二の『黒い雨』のほか、大江健三郎の『万延元年のフットボール』など多くの日本文学作品の翻訳本を担当したが、三島の『太陽と鉄』の英文版に関して三島は何よりもつよい意欲を示していた。翻訳の進む過程で訳者のジョン・ベスターからどうしても著者に会って質問したい箇所があることを知らされ、三島に訳者の意向を取りついだ。当時の三島は例のごとく多忙をきわめていたが即座にその日の昼すぎから芝のレストラン・クレッセントで会うことになった。／『太陽と鉄』は三島にとって重要な作品であった。だがその内容は日本語としても難解で、告白と批評の中間形態ともいうべき従来試みられなかった微妙なスタイルが用いられていた。そのためこの内容を英文に移し替えるためには、さまざまな困難が横たわっていたが、ベスターによって選ばれた語句の端々、意味の検証まで一つ一つ念入りに質疑応答が重ねられた。会談は夕食をはさんで夜半過ぎまでつづけられた。／完璧主義のベスターはこの後も三島家と電話で再三質疑応答を繰り返し、ようやく訳文が完成した。……

この面会はあくまでも『太陽と鉄』の翻訳の最中に、ベスター側から確認のために求めたものであり、対談は最後までそうした目的と内容に終始したということだ。さらにベスターは電話での確認を行ったというがさらなる面会とはなっていない。本書所収のインタビュウは、やりとりの中で三島由紀夫が「ベスターさんが『太陽と鉄』を訳してくださったので非常にうれしかった……」（P37）と謂っているように、すでに『太陽と鉄』の翻訳を終えた後のことである。内容的にも当該インタビュウは、幾多の話柄（テーマ）を横断するものであり、その多様さは三島由紀夫の当時の思索の全貌を窺い知るに足るものがある。川端康成論であり、ダンディズム論であり、文明論であり芸術観であり、認識論であり、現代人への嘆きであり、小説の方法論であり、欠点の告白であったりする。言葉における強固な保守主義であり、未来の創作の種まで開陳している。川島勝の引き合わせとこのインタビュウは別と考えられる。

当時、講談社インターナショナルの同僚編集者で取締役だった宮田雅之（一九二六－九七）の未亡人の消息を得て、インタビュウを聞いていただいた。仲介している男性は川島さんではないのか。「川島勝さんではないですね。もちろん主人でもないし。当時のひとで思い当たるひとはいないわね」とのことだった。

ジョン・ベスターは、平成元年講談社が創業八十周年を記念して創設した野間文芸翻訳賞の第一回の受賞者となった。作品は、講談社インターナショナル刊の『三島由紀夫短編集』だった。

受賞の六年後、Asahi Evening News（May 26,1996）がジョン・ベスターの人物紹介の記事を書いている。その中でベスターは、三島由紀夫との面会のことに触れている。

……Bester met the controversial author to discuss "Sun and Steel."
"I met him only once. He was the soul of courteousness, and extremely pleasant, as you would expect. He was both perceptive and helpful in his replies," Bester said.……

ベスターは、『太陽と鉄』の翻訳のため三島由紀夫に会った。ベスターは、三島由紀夫が、礼儀正しく、快活で自分の質問に明敏に答えてくれて助かったと述べている。しかし、ここで目を剝くのはベスターが三島由紀夫には「一回しか会っていない」と述べていることである。その一回は川島勝仲立ちの『太陽と鉄』翻訳打ち合わせである。一方、本書のインタビュウのことはなかったかのようである。失念しているか、忘れているのか、あるいは隠しているのか。謎は解けないままであった。それからしばらくして、突破口が開けた。旧知の三島由紀夫研究者から「特ダネ」を提供されたのである。なんと川島勝の生前の手帳が手に入ったというのである。それも一九七〇年のものである。黒い小さな手帳には青インクで細々と予定が書き込まれていた。一九七〇年元旦には、「三島由紀夫邸パーティ」とある。楯の会、丸山（美輪）明宏、村松英子などと出席者の名前が記されている。一月二十六日には、「J・ベスター来社。『太陽と鐵』原稿ホンヤク出来」とある。

川島勝の三島由紀夫との交流が記されている。ジョン・ベスターとの仕事も確認が出来る。手帳を繰る。二月の頁をもどかしく捲っていく。そして二月十九日（木）の欄である。

とりわけ大きな太い字でまず〈三島由紀夫〉とあり、その下に「P.M.7.00－

12.00」と書き込まれていた。

さらにCresentとある。三島由紀夫とベスターがはじめて会合した芝のフランス料理店である。そしてその下にMr.Besterとあった。

編集者の記録と三島由紀夫の手紙に挟まれた十七日から十九日の三日間の中で、『暁の寺』の脱稿日は十九日であるとはじめて確認できた。そしてインタビュウにあるとおり、脱稿した日にベスターと対談を行ったのである。テープの録音日も一九七〇年二月十九日と特定された。

こうした取材とは別に、インタビュウの内容面からの真贋の検証を進めた。「状況証拠」の積み上げである。つまり、インタビュウでのことばづかいは、三島由紀夫らしい表現であるのか、語られる内容が三島の思索の時期と一致しているのか、三島の自家薬籠の主題や論理との近似性などを見ていくことである。昭和四十五年二月という時点でのインタビュウである。その前後の三島由紀夫の著作や、寄稿文との照らし合わせをおこなった。

インタビュウでは、三島らしい独特な表現が散見される。

例えば、「心が体の中にちゃんと見えていて、体が透明で心が見えている人間」（P49）という云い回しがある。『小説家の休暇』（昭和三十年）という批評エッセイで三島由紀夫は「……硝子張の人体のように、行為する人間の心が、外側からはっきり見える……」などと似た表現を使っている。

インタビュウで「その単語自体は、僕たちは子どものころから耳に入っている日本語の美しさがありますから、それを使う。その極端なのが『椿説弓張月』です」（P24）という。

『小説家の休暇』ではこんな件りがある。


耳から入る日本語が、まさに言葉それ自体として生きているのを感じるのは、喜ばしいことである。子供のころから、狐の化現の物語に馴染んでいる日本人の私には、こんな些細な一句、丁度魂呼ばいの梓弓の弓鳴りのように、狐を呼ぶ鼓の音を思わせる一句が、伝習の深い記憶と、音韻の美しさと、二つのものの神秘な複合体として心に浮ぶのである。


二つの表現に通ずる経験や感覚がある。

また思索の主題や時期の近しさも状況的な確からしさを高める。

例えば、「言葉における一義性」についての思索の問題。三島は、当該インタビュウで斯く謂う。

三島 例えば僕が現代日本語に一番絶望したのは、一九六〇年の安保闘争のときですよね。「民主主義を守れ」というプラカードがいっぱいありました。その一人一人が言っている「民主主義」という意味がみんな違うんですもの。言葉がこんなに多義的に使われたら、文学なんて成り立たないですよ。言葉というものは、一語が一つの意味しかないということで文学が成り立っている。ポール・ヴァレリーもそうですよね。

司会 ヴァレリーはさっき挙げられた「一つのものを表現するのは一つの言葉しかない」という、あれですね。

三島 それが文学者の最後の確信でしょう。（P78〜P79）

一方、この三ヵ月前、朝日新聞への寄稿「『国を守る』とは何か」（昭和四十四年十一月三日）の中に似た一節がある。

私の決心は一九六〇年の安保闘争を見物した時からかもしれない。あの議事堂前のプラカードの氾濫に、私は「民主主義」という言葉一つをとっても、言葉とその概念内容の乖離、言葉の多義性のほしいままな濫用、ある観念のために言葉が自在に流され犠牲に供される状況を見たのである。文士として当然のことながら、私は日本語を守らねばならぬと感じた。

こうした事例は数多ある。一方、「三島由紀夫らしくない」発言は特に見当たらなかった。「異常値」はなく、確からしさの傾向は明らかである。紙幅を忖度し、この辺りに留める。

三島家からの疑問

発見からはや三年が経過していった。平成二十八年秋までにはインタビュウの主人公が三島由紀夫であることはほぼ確実になった。三島由紀夫文学館の山中剛史特別研究員の調査で「今までこうした対談があったこと自体どの年表や記録にも残っておらず、テープは正に新発見の資料といっていい」という価値のお墨付きを得た。私は、三島家に二通目の手紙を認めた。三島由紀夫という世界的文学者の思想と行動、文学を理解する上で重要な資料の内容を世間に発表すべき時期が来たことを伝えた。ニュースとして報道すべきということである。

返答は意外なものだった。「今さら公表せねばならないほどの内容なのかどうか」という疑問符がついたのだった。

さらに手紙を書いた。こんな文面だった。

懐かしい、愛惜のご尊父さまのお声。悠々閑々のおはなしぶり。文質彬彬と調和がとれた内容。

春風駘蕩なるのどかさ。闊達自在の名人芸ともいうべき座談。それは、三島家においてよく知られていた三島由紀夫さんの本当の姿なのでしょう。ところがそれは私たちにとって自明のことではありませんでした。こんなにのびやかで平明で、仮面、意識、鎧、演技、仕掛け、力瘤といったもろもろからみごとに無重力なやわらかな三島由紀夫さんのおはなしぶりがあの昭和四十五年に存在したのだという驚きがわたしのまずもっての感想でした。報道記者が永い職業的な立場から特別なニュースと感じました。三島由紀夫文学を愛読してきた三島文学ファンの立場からは、奇跡の邂逅だと感じました。「……落葉をかきわけてさがした泉「花ざかりの森」の文章が重なります。「……落葉をかきわけてさがした泉が、はじめて青空をうつすようなもの……」ということば。このたびの「発見音源」の三島由紀夫のインタビュウは、そんな泉のようでした。当社の倉庫に長い間眠り続けていたものでした。四十余年のときをへてわたしたちの前にあらわれたのでした。その中身は、明るい太陽がかがやく美しいあこがれの青空のようでした。あの年の三島由紀夫の肉声といえば十一月二十五日のその日のバルコニー演説以外では、十一月十八日の「最後の言葉」という古林尚のインタビュウがありました。勿論、これも時期といい内容といい一定の価値がある音声資料ですが　三島由紀夫の応対は、いわば仕事としての義務的なものと感じられます。「最後の言葉」での三島由紀夫は早口です。心中に曇りがあるような屈託があり、ちょっと鼻声で、録音が悪く、理屈っぽく、明らかに衰弱の様子も感じられます。

今回の発見音源は、のびやかでアレグロで　ラの高さの音階でほがらかにお話しされています。まるで心ときめく音楽のような語りなのです。知性と教養にきらめきながらニュアンスと感情に富み　セレナーデのように耳にやさしい三島由紀夫の人間的な姿です。
　録音も大変良好で聞いていると笑顔の三島由紀夫が直接語りかけてくるように感じます。呵呵大笑するますらおな三島由紀夫が夢のなかにあそぶような様子なのです。
　私たちは、この音源の発見という事実をただしく天下にお伝えしたいと心から念じております。

ほどなく三島家から報道についてのお許しをいただいた。年が明けて新聞とテレビが大きく報じた。

読売新聞　平成二十九年一月十二日朝刊
「作家の三島由紀夫（1925～70年）が自決する約9か月前、自らの文学観や死生観を肉声で語った録音テープが見つかった。自決に向けて具体的な行動を構想し始めた頃の対談で、自らの文学の「欠点」などを約1時間20分にわたって生々しく語っている。三島研究者は「テープの存在は聞いたことがなく、未発表と考えられる」としており、三島の文学と思想を理解する上で貴重な資料となりそうだ。テープは（中略）東京・赤坂のＴＢＳの社屋内で見つかった。ダビングされたものが資料ロッカーに保管されており、「三島由紀夫とジョン・ベスターの対談」と記され「使用禁止」（放送禁止）扱いにされていたのを社員が発見した……」

まず読売新聞が第一面で特報した。「自決9か月前　未発表テープ　僕の欠点　劇的過ぎる小説」の見出しだった。さらに社会面には三島由紀夫と川端康成の写真が配（あしら）われ「三島　内面の告白　川端さんの文章　怖い」などと詳しく伝える記事だった。（業界で「シャメン受け」という特種（スクウプ）の定石）

賑やかな紙面。『仮面の告白』『潮騒』『金閣寺』といった三島文学の花形たちの表紙が彩りを添えていた。放送箱（テレビ）でも随分と派手に扱っていた。受信料局（エヌエイチケー）では夜報道（ニュースウオッチナイン）の冒頭にて伝達者（キャスター）が長々とつたえた。勿論、発見場所であった東京放送（ティービーエス）では当夜の最終報道（ＮＥＷＳ２３）にて十分間の特集を組んだ。反響は大きく、翌朝の視聴率調査（ビデオリサーチ）は三島由紀夫の在りし日の映像放送の時刻を頂点として、美しい山型の稜線を描き、番組全体で好敵手局（ライバル）のそれを丸一年ぶりに凌駕した。

三島由紀夫のテープは、語られた内容に研究者や近しかったものたちが驚く口調と内容があった。

親交のあった美輪明宏はＴＢＳの取材に対して、「なんと無防備なんだろうって感じます。珍しいですよね。本当に素で話してらっしゃる」と驚いている。三島がリラックスして愉快そうに語る。これはこれまでのイメージを覆す何かである。

「あのひとらしい」

松本道子なら「告白」をなんと聞くだろう。大正生まれの女性編集者。川島勝と同じ年に講談社に入社した。三島由紀夫より三歳年長。三島二十六歳の夏に担当となり最期まで仕事の付き合いがあった。群像編集部で三島由紀夫の「禁色」や「美徳のよろめき」など初期の人気作品を手がけた。新進作家から人気絶頂期へ駆け上がるさまから苦悩の晩年までを見届けた。昭和五十五年に文芸図書第一出版部部長となり、その三年後に定年退職した。講談社に残る退職の社内報（昭和五十八年三月三十一日）では、仕事の思い出として室生犀星や森田たまのことを書いている。三島由紀夫については一切触れていないが、なぜか三島由紀夫との写真を掲載している。自決二年前の夏。松本は南馬込の三島邸で三島由紀夫と打ちあわせをしていた。三島浪漫の小宇宙とも言うべき邸宅の中庭で外椅子に座る二人。緑の繁茂する中、鉄の円卓の上には複数の水杯（コップ）があり珈琲瓶（コーヒーポット）が中央に座し、菓子皿が取り巻く。松本は、淡雪のような袖無服（ノースリーブ）。膝丈の裾からは細く長い足が覗く。楚々としたおもむき。三島は叉引（たんばん）のみの上半身裸であり、胸間を焦がす剛毛と筋肉で対坐していた。長い時間の会話と一定の理解ある関係を思わせる写真である。三島由紀夫は松本道子のことを書いている。この写真の一年半前、三島由紀夫四十二歳の誕生日である。「講談社の松本道子さんが来訪。私がしんみり文学の話をたのしむ相手はこの人だけで、日本でおそらく一番文学というものがわかっている女性である」（三島由紀夫『蘭陵王』昭和四十六年）

　三島は、さらに「センスのよさ」や「知性」などについて松本をほめている。三島と松本は、二人で歌舞伎を見物し婚約者同士のように廻りに勘違いされたことがある。敗血症で入院した松本道子を三島が病室に見舞ったこともある。その折には三島が「こういうときのほうが少女みたいで、きれいになるね」と言ったことを松本は忘れがたく思っている。（松本道子『風の道—編集者40年の思い出—』ノラブックス、昭和六十年）「少女」といわれた松本は、三島の「少年」を感じたことが永訣の思い出となっている。自決の一ヵ月前、二人は植民地風（コロニアル）な邸宅の前庭でゆっくりした時間を持った。三島は、戦中の同人誌「赤絵」を取り出し、三島少年が残した編集後記を松本に読ませた。

……「御稜威（みいつ）の下（もと）臣民は——」／というような文字が並んでいました。「少年だった三島さんなんですねえ」って申し上げたんですけど、「楯の会」に熱心な三島さんのお考えに照合するんです。「このごろおっしゃってることと同じじゃございませんか」と申しますと、「そうなんだよ。だから困るんだよね」って、大きくお笑いになりました。「じゃ、三島さんの戦後というのはどういうことだったんでしょう?」なんて、わたくしがつい申し上げますとね、「そうだよね」とおっしゃって、またお笑いになって……（松本道子『風の道』）

似たところのある少年と少女だった。軍靴（ぐんか）の音高まる昭和初年に「少年倶楽部」を愛読した三島由紀夫と「少女倶楽部」で育った松本道子。ふるさとを東京とする都会っ子どうし。戦後に燃え上がった文壇に身を投じた三島と松本。若い二人に同志的意識があったのではないだろうか。

彼方此方に問い合わせ、松本の消息を得た。郊外の介護付老人施設に健在であった。九十五歳となっていた。入退院を繰り返す日々である。加齢による記憶の引潮。聴こえる音の世界は囁きやざわめきに変じていく。そんな中で、夕凪のごとき穏やかなひとときがあった。生活相談員の方を通じて録音をお聞きいただく機会を得ることができた。取材のお願いから四ヵ月後のことだった。

松本さんは、しばらく遠い記憶に眠るようにやすらぐ。三島由紀夫が早口に素通りしているようだ。が、あの高笑いが松本さんの記憶の倉庫を刺激する。うっすらと微笑みの形に口辺が動いた。コンブレーの喚起とちいさく高まる。なつかしげな眼差となる。

「あのひとらしいわね」

老女の顔に少女がたちのぼる。

「なつかしいわね」

それだけを言い終えて、疲れの小波がやってきた。松本さんは、ゆっくりと春の雪がふりつもるように寝所(ベッド)に身をよこたえた。

「三島先生」ではなかった。「三島さん」でもなく、「あのひと」だった。

松本は、「告白」に三島由紀夫らしさを感じた。

ひよわな少年のころ

あのひとらしさ……三島由紀夫らしさとは、何か。数々の文豪たちの底意や人間を見抜いてきた松本道子の慧眼は、三島由紀夫の本質について視るかの如く感知していた。

松本が三島の晩年に警察の道場で剣道の稽古を見学したときのことだ。

「……警察関係の方たちが多いので、みなさん背丈も骨格も堂々たるものなんです。その中で三島さんが先生と向き合って構えたうしろ姿を見ますとね、首すじなんかいかにも細くて頼りなげで、三島さんの鍛えた体も、そこでは、ひよわな少年のように見えましたね。……（松本道子『風の道』）

首筋にのこるひよわな少年。案外、誰も気がつかなかったことだ。太陽と鉄によって筋骨隆々の「近代ゴリラ」（「平凡パンチ」昭和四十四年六月二日号など）に塑性変形（メタモル）した三島由紀夫の禁穴を見抜いた。松本は、編集者人生における三島由紀夫の回想の終尾にこのことばを擱（お）いた。その配置に意味を感ずる。

本書『告白』は、三島由紀夫の少年期の懐旧にあふれている。ざらざらとした違和感ばかりの滓（おり）のような記憶なら『仮面の告白』に始まっていくらでも彼の小説に滲んでいた。しかし、あまやかでうっとりする、丁度、プルーストのマドレーヌのような、村上春樹の『ノルウェイの森』で、「僕」が「直子」の顔から脳裏に浮かべる草原の風景とか草の匂い、かすかな冷ややかさの風のような、なにげない心地よさに溢れたしあわせの記憶を嬉しそうに開陳している。

僕は子どものときに、うちで空気銃を買ってもらえなかったんです。今でも空気銃のショーウインドーを思い出すんです。（略）友達とガラスに顔をくっつ

けて一生懸命見ていたんです。（略）「欲しいな、欲しいな」と……（P70）

これは、買ってもらえなかった悔しさではなく、欲しいな欲しいなと子どもごころが弾んだ愉しさの反芻である。このインタビュウとともに「豊饒の海」は第四巻へと進む。遺作となる『天人五衰』の序章部分にも少年時代の甘やかな気分が流れ込んでいる。三島は語り手の本多繁邦に「若かったころの母が、或る雪の日に、作ってくれたホット・ケーキの味」を夢見させる。三島由紀夫は、昭和二十年一月、二十歳の誕生日に戦下で母がつくってくれたホット・ケーキの思い出を終生大事にしていた。

本書で併録した『太陽と鉄』でも三島は、「戦争時代にそうであったような、言葉の純粋な城」（P167）とか「苦痛を知らぬ詩、私の黄金時代」（P168）などと幼年期の桃源郷の心的ありようを記している。これより先に昭和三十二年から雑誌「明星」に連載した「わが思春期」において三島由紀夫は、「夢の中を生きる生き方のような（略）幼年期、少年期の経験が、作家にとっては、永久に創作の母体をなす」と、旺盛を極め続けた執筆人生の源流を明らかにしている。

エピローグ

「こちらが三島由紀夫が人生最後のステージとしたバルコニーでございます。昭和四十五年十一月二十五日、三島由紀夫は楯の会という学生のメンバーと当時の東部方面総監室に立て籠もり自決を遂げたのでございます。あちらのドアのところには、制止に入った自衛隊員と格闘した際、残された刀傷が残っています……」

市ヶ谷の防衛省には、あの現場が残されている。平成十二年から一日二回、「市ヶ谷台ツアー」という見学ツアーがあり、これまでに四十万人が参加したという。血の海であった総監室を人々は、特に懼(おそ)れも黙禱(もくとう)もなく「観光」している。事件は、生々しさの失せた一行の歴史となった。

本書のインタビュウでは三島由紀夫は若い読者のことをうれしそうにこう語っている。

三島由紀夫という小説家は、学校の先生がいけないと言うことばかり言っている。学校の先生が使ってくれない言葉ばかり使ってくれる。だから好きだというのが僕の若いファンです（笑）。（P25〜26）

今、三島由紀夫に新たな若いファンが生まれている。東京、六本木。日本で最初のブックカフェといわれた書店がある。珈琲豆の芳しい香り漂う店頭には、三島由紀夫の作品がずらりと並んでいる。いつも不思議に思っていた。四十七もの作品が並んでいる。『仮面の告白』を手に取り、奥付を見る。昭和二十四年、初版。現在、一五六刷だった。他の作家では、村上春樹のみが三島を凌駕していた。五十一作品の量塊である。三島作品がなぜこれだけ置かれているのか。書店の乙女の「告白」を聞いた。

なぜって？　私が好きだからです。文学の棚を全部三島由紀夫にしたこともあります。

売れてますし。面白いものは面白いんです。事件ですか？　あまり関係ないですね。

そうそう、私の前任者も「三島好き」だったんですよ。

私は、三島由紀夫の処女長篇中のある言葉を思い出した。

花がもはや地中の種子の時代を忘れ去っている……（「盗賊」三島由紀夫）

三島由紀夫の世界が今再び、燦爛（さんらん）としている。

本書は二〇一七年八月、小社より単行本として刊行されました。

|著者| 三島由紀夫　1925年、東京生まれ。小説家、劇作家。学習院時代から文才を注目され、'44年、東大入学と同時に『花ざかりの森』を刊行。'47年、東大卒業後、大蔵省に勤務するも、翌年辞職。49年、『仮面の告白』で新進作家として地位を確立。『金閣寺』『鏡子の家』『近代能楽集』など、強固な美意識で彫琢された作品を発表。海外での評価も高い。68年、楯の会結成。70年、「豊饒の海」の最終回を書き上げ、陸上自衛隊市ヶ谷駐屯地東部方面総監室に立てこもり割腹自決。

告白　三島由紀夫未公開インタビュー
三島由紀夫　TBSヴィンテージクラシックス編

© Iichiro Hiraoka 2019

講談社文庫
定価はカバーに
表示してあります

2019年11月14日第1刷発行

発行者――渡瀬昌彦
発行所――株式会社　講談社
東京都文京区音羽2-12-21　〒112-8001
電話　出版　(03)　5395-3510
　　　販売　(03)　5395-5817
　　　業務　(03)　5395-3615
Printed in Japan

デザイン―菊地信義
本文データ制作―講談社デジタル製作
印刷―――豊国印刷株式会社
製本―――株式会社国宝社

落丁本・乱丁本は購入書店名を明記のうえ、小社業務あてにお送りください。送料は小社負担にてお取替えします。なお、この本の内容についてのお問い合わせは講談社文庫あてにお願いいたします。
本書のコピー、スキャン、デジタル化等の無断複製は著作権法上での例外を除き禁じられています。本書を代行業者等の第三者に依頼してスキャンやデジタル化することはたとえ個人や家庭内の利用でも著作権法違反です。

ISBN978-4-06-517385-5

講談社文庫刊行の辞

二十一世紀の到来を目睫に望みながら、われわれはいま、人類史上かつて例を見ない巨大な転換期をむかえようとしている。

世界も、日本も、激動の予兆に対する期待とおののきを内に蔵して、未知の時代に歩み入ろうとしている。このときにあたり、創業の人野間清治の「ナショナル・エデュケイター」への志を現代に甦らせようと意図して、われわれはここに古今の文芸作品はいうまでもなく、ひろく人文・社会・自然の諸科学から東西の名著を網羅する、新しい綜合文庫の発刊を決意した。

激動の転換期はまた断絶の時代である。われわれは戦後二十五年間の出版文化のありかたへの深い反省をこめて、この断絶の時代にあえて人間的な持続を求めようとする。いたずらに浮薄な商業主義のあだ花を追い求めることなく、長期にわたって良書に生命をあたえようとつとめるところにしか、今後の出版文化の真の繁栄はあり得ないと信じるからである。

同時にわれわれはこの綜合文庫の刊行を通じて、人文・社会・自然の諸科学が、結局人間の学にほかならないことを立証しようと願っている。かつて知識とは、「汝自身を知る」ことにつきていた。現代社会の瑣末な情報の氾濫のなかから、力強い知識の源泉を掘り起し、技術文明のただなかに、生きた人間の姿を復活させること。それこそわれわれの切なる希求である。

われわれは権威に盲従せず、俗流に媚びることなく、渾然一体となって日本の「草の根」をかたちづくる若く新しい世代の人々に、心をこめてこの新しい綜合文庫をおくり届けたい。それは知識の泉であるとともに感受性のふるさとであり、もっとも有機的に組織され、社会に開かれた万人のための大学をめざしている。大方の支援と協力を衷心より切望してやまない。

一九七一年七月

野間省一

講談社文庫 最新刊

瀬木比呂志
黒い巨塔
〈最高裁判所〉
最高裁中枢を知る元エリート裁判官による本格権力小説。今、初めて暴かれる最高裁の闇！

高田崇史
QED
〈～flumen～月夜見〉
日本人は古来、月を不吉なものとしてきたのか？ 京都、月を祀る神社で起こる連続殺人。

清武英利
しんがり
〈山一證券 最後の12人〉
四大証券の一角が破綻！ 清算と真相究明に奮闘した社員達。ノンフィクション賞受賞作。

三島由紀夫
TBSヴィンテージクラシックス 編
告白 三島由紀夫未公開インタビュー
自決九ヵ月前の幻の肉声。放送禁止扱い音源から世紀の大発見！ マスコミ・各界騒然！

山田正紀
大江戸ミッション・インポッシブル
〈顔役を消せ〉
江戸の闇を二分する泥棒寄合・川衆と天敵陸衆の華麗な殺戮合戦。山田正紀新境地！

いとうせいこう
我々の恋愛
切ない恋愛ドラマに荒唐無稽なユーモアを交えて描く、時代の転換点を生きた恋人たち。

倉阪鬼一郎
八丁堀の忍(三)
〈遥かなる故郷〉
非道な老中が仕組んだ理不尽な国替え。鬼市は荘内衆の故郷を守ることができるのか!?

瀬戸内寂聴
新装版 **京まんだら(上)(下)**
京都の四季を背景に、祇園に生きる女性たちの恋情を曼荼羅のように華やかに織り込んだ名作。

ジェーン・シェミルト
北沢あかね 訳
ナオミ
娘の失踪、探し求める母。愛と悲しみの果て。母娘の愛憎を巡る予想不能衝撃のミステリー。

講談社文庫 最新刊

池井戸 潤
半沢直樹 1
〈オレたちバブル入行組〉
やられたら、倍返し！　説明不要の大ヒットドラマ原作。痛快リベンジ劇の原点はここに！

半沢直樹 2
〈オレたち花のバブル組〉
君は実によくやった。でもな――本当の窮地は大ピンチを凌(しの)いだ後に。半沢、まさかの!?

林 真理子
大原御幸(おはらごこう)
〈帯に生きた家族の物語〉
着物黄金時代の京都。帯で栄華を極めた男と父に心酔する娘を描く、濃厚なる家族の物語。

中山七里
悪徳の輪舞曲(ロンド)
ドラマ化で話題独占、「御子柴弁護士」シリーズ最新刊。これぞ、最凶のどんでん返し！

宮部みゆき、辻村深月、薬丸 岳、東山彰良、宮内悠介
宮辻薬東宮
超人気作家の五人が、二年の歳月をかけて〝つないだ〟リレーミステリーアンソロジー。

浜口倫太郎
AI崩壊
AIに健康管理を委ねる2030年の日本。突然暴走したAIはついに命の選別を始める。

円居 挽　原作 福本伸行
カイジ ファイナルゲーム 小説版
虚と実。実と偽。やっちゃいけないギャンブルの数々。シリーズ初の映画ノベライズが誕生！

椹野道流
新装版 壺中(こちゅう)の天 鬼籍通覧
搬送途中の女性の遺体が消えた。謎の後に残るのは狂気のみ。法医学教室青春ミステリー。

諸田玲子
森家の討ち入り
赤穂(あこう)四十七士には、隣国・津山(つやま)森家に縁深き三人の浪士がいた。新たな忠臣蔵の傑作！

講談社文芸文庫

塚本邦雄
茂吉秀歌『赤光』百首
解説＝島内景二

近代短歌の巨星・斎藤茂吉の第一歌集『赤光』より百首を精選。アララギ派とは一線を画して蛮勇をふるい、歌本来の魅力を縦横に論じた前衛歌人・批評家の真骨頂。

つE11
978-4-06-517874-4

渡辺一夫
ヒューマニズム考　人間であること
解説＝野崎 歓　年譜＝布袋敏博

フランス・ルネサンス文学の泰斗が、ユマニスト（ヒューマニスト）——エラスムス、ラブレー、モンテーニュらを通して、人間らしさの意味と時代を見る眼を問う名著。

わA2
978-4-06-517755-6

講談社文庫　目録

芥川龍之介　藪の中
有吉佐和子　新装版 和宮様御留
阿川弘之　春風落月
阿川弘之　亡き母や
阿刀田高　ナポレオン狂
阿刀田高　新装版 ブラック・ジョーク大全
阿刀田高　新装版 食べられた男
阿刀田高　新装版 妖しいクレヨン箱
阿刀田高　新装版 奇妙な昼さがり
阿刀田高編　ショートショートの花束1
阿刀田高編　ショートショートの花束2
阿刀田高編　ショートショートの花束3
阿刀田高編　ショートショートの花束6
阿刀田高編　ショートショートの花束7
阿刀田高編　ショートショートの花束8
阿刀田高編　ショートショートの花束9
安房直子　南の島の魔法の話
相沢忠洋　「岩宿」の発見〈幻の旧石器を求めて〉
安西篤子　花あざ伝奇

赤川次郎　真夜中のための組曲
赤川次郎　東西南北殺人事件
赤川次郎　起承転結殺人事件
赤川次郎　冠婚葬祭殺人事件
赤川次郎　人畜無害殺人事件
赤川次郎　純情可憐殺人事件
赤川次郎　結婚記念殺人事件
赤川次郎　豪華絢爛殺人事件
赤川次郎　妖怪変化殺人事件
赤川次郎　流行作家殺人事件
赤川次郎　ABCD殺人事件
赤川次郎　狂気乱舞殺人事件
赤川次郎　女優志願殺人事件
赤川次郎　輪廻転生殺人事件
赤川次郎　百鬼夜行殺人事件
赤川次郎　偶像崇拝殺人事件
赤川次郎　四字熟語殺人事件〈ベスト・セレクション〉
赤川次郎　三姉妹探偵団
赤川次郎　三姉妹探偵団2〈キャンパス篇〉

赤川次郎　三姉妹探偵団3〈珠美・初恋篇〉
赤川次郎　三姉妹探偵団4〈怪奇篇〉
赤川次郎　三姉妹探偵団5〈復讐篇〉
赤川次郎　三姉妹探偵団6〈危機一髪篇〉
赤川次郎　三姉妹探偵団7〈駆け落ち篇〉
赤川次郎　三姉妹探偵団8〈人質篇〉
赤川次郎　三姉妹探偵団9〈青ひげ篇〉
赤川次郎　三姉妹探偵団10〈父恋し篇〉
赤川次郎　死が小径をやってくる〈三姉妹探偵団11〉
赤川次郎　死神のお気に入り〈三姉妹探偵団12〉
赤川次郎　次女と野獣〈三姉妹探偵団13〉
赤川次郎　心地よい悪夢〈三姉妹探偵団14〉
赤川次郎　ふるえて眠れ、三姉妹〈三姉妹探偵団15〉
赤川次郎　三姉妹、呪いの道行〈三姉妹探偵団16〉
赤川次郎　三姉妹、初めてのおつかい〈三姉妹探偵団17〉
赤川次郎　恋の花咲く三姉妹〈三姉妹探偵団18〉
赤川次郎　月もおぼろに三姉妹〈三姉妹探偵団19〉
赤川次郎　三姉妹、ふしぎな旅日記〈三姉妹探偵団20〉

2019年9月15日現在